열일곱 살이라고
시를 모르지
않아요

열일곱이라고
시를 모르지
않아요

2025년 6월 2일 제1판 제1쇄 발행

지은이   조재도
펴낸이   강봉구

펴낸곳   작은숲출판사
등록번호 제406-2013-000081호
주소   10892 경기도 파주시 와석순환로 307, 산내마을 1107-101
전화   070-4067-8560
팩스   0505-499-8560

홈페이지 http://www.littleforestpublish.co.kr
이메일   littlef2010@daum.net

© 조재도

ISBN 979-11-6035-163-7   43800

작은숲
청소년

이 땅의 청소년에게 들려주는
시 이야기

조재도 지음

열일곱 살이라고
시를 모르지
않아요

작은숲

시가 무엇인지 알고 싶다는 명호에게

명호야.

우리가 만난 게 코로나 이전이었으니 벌써 5년이 지났구나. 어느 문학 강연에서였지. 강연이 끝나고 질의 시간, 뒤에 앉아 있던 네가 손을 들었어. 넌 네 이름과 학년을 말한 후, 중학교 때까지 학교에서 시를 배우긴 했는데 아직도 시가 무엇인지 잘 모르겠다고 했어. 그러면서 고등학교에서는 시가 무엇인지 꼭 알면 좋겠다고 했어.

네 질문에 물론 나는 대답을 했지. 그런데 그 대답이라는 게 참고서에 나오는 수준을 못 벗어났다는 생각이야. 그날 이후 너의 질문과 내가 한 어설픈 대답이 계속 나를 놓아 주지 않고 머릿속을 맴돌았단다. 내가 다시 똑같은 질문을 받는다면 나는 어떻게 대답할 수 있을까, 이런 생각이 연이어 떠오르다, 좋다, 그럼 시와 함께 한 내 인생 이야기를 통해 시가 무엇인지 말해 주자, 하는 생각을 하게 되었어. 한 편의 시가 사람의 삶에 어떻게 영향을 미치는지, 시를 알고 감상하고 더 나아가 시를 직접 쓰는 사람은 그렇지 않는 사람에 비해 인생의 풍요로움을 어떻게 느끼는지에 대한 이야기를 들려 주고 싶었어. 왜 우리 속담에 백문百聞이 불여일견不如一見이라는 말이 있잖아? 백 번 듣는 것보다 한 번 보는 것이 낫다는 말. 시에 대해서 아무리 이러쿵 저러쿵 말하는 것보다는 시와 함께 산 인생 이야기를 들려줌으로써 시에 대한 이해의 폭을 넓혀 주자. 그러니까 이 책은 그런 생각에서 쓴 책이야.

이 책에 소개된 시들은 내가 처음 시를 쓰기 시작하던 대학 청년기부터, 1985년 『민중교육』지를 통해 작품 활동을 시작한 이래 지금까지 시를 쓰면서 그리고 인생을 살아오면서, 내 영혼이 성숙하는 데 커다란 영향을 미친 시야. 국내시 16편, 외국시 10편 모두 26편이야. 대나무가 자랄 때 마디를 통해 줄기가 자라듯, 이 책에 소개하는 시들은 내 영혼의 성장에 디딤돌 같은 역할을 해 주었단다. 내 인생에 들어와 박힌 시. 그러니까 나는 이 시들을 읽은 것이 아니라 '겪었다'고 말할 수 있어. 내 인생에 세게 부딪혀 어렵고 힘든 삶을 살아낼 수 있는 힘을 준 시.

영화 『일 포스티노』 주인공인 칠레의 민중시인 파블로 네루다는
"시는 시를 쓴 사람의 것이 아니라, 그 시를 필요로 하는 사람의 것이
다"라고 말했어. 이 책에서 이야기하고 있는 시도 독자인 내 영혼에
스며들어 나의 살과 피가 되었지. 어떤 시는 한 치 앞을 내다볼 수 없
는 캄캄한 어둠 속에서 벼락치듯 나를 일깨워 주었고, 또 어떤 시는
일상에서 모닥불처럼 은근히 타올라 내 삶의 구들장을 따뜻이 덥혀
주기도 했단다.

명호야.
내가 이 책을 쓰게 된 동기도 나의 시 이야기를 너와 같은 이 땅의
많은 청소년들과 함께 하고 싶어서야. 그래서 이 책을 읽은 사람들이
시는 참고서에서 설명하는 것처럼 골치 아프고 어렵고 딱딱한 것이
아니구나, 시가 이렇게 한 사람의 삶에 녹아들어 그 사람의 인생과

함께 할 수도 있겠구나, 하는 생각을 가졌으면 하는 바람이야.

　이 책에 소개된 시 가운데에는 네가 아는 시도 있고 모르는 시도 있을 거야. 그럼 우선 네가 아는 시부터 읽어 봐. 그 다음 모르는 시인의 시를 읽게 되면 이 책의 전체적인 내용이 머리 속에 그려질 거야. 그러면서 너도 시와 조금씩 친해지고, 또 시를 이해하고, 그러다 다른 시도 좋아하게 되는 안목이 네 안에 '씨눈'처럼 싹터 나올 거야.

2025년 5월

조재도

1부 꽃처럼 시처럼

박넝쿨이 에헤야

→꽃.

박넝쿨 타령

김소월

박넝쿨이 에헤이요 벋을 적만 같아선
온세상을 얼사쿠나 다 뒤덮는 것 같더니
하드니만 에헤이요 에헤이요 에헤야
초가^{草家}집 삼문^{三門}을 못 덮었네, 에헤이요 못 덮었네.

복송아 꽃이 에헤이요 피일 적만 같아선

봄동산을 얼사쿠나 도맡아 놀 것 같더니
하드니만 에헤이요 에헤이요 에헤야
나비 한 마리도 못 붙잡데, 에헤이요 못 붙잡데.

박넝쿨이 에헤이요 벋을 적만 같아선
가을 올 줄을 얼사쿠나 아는 이가 적드니
얼사쿠나 에헤이요 하룻밤 서리에, 에헤이요
잎도 줄기도 노그라 붙고 둥근 박만 달렸네.

명호야.

너와 하는 시 이야기 첫 번째로 김소월의 이 시를 택했다. 김소월金素月(1902-1934, 본명은 김정식)처럼 대중적으로 널리 알려지고 시 작품이 많은 이에게 애송되는 시인도 드물 것이다. 김소월은 그야말로 자타가 공인하는 한국의 대표 시인이라 할 수 있지. 그의 시 「먼 후일」, 「진달래꽃」, 「예전엔 미처 몰랐어요」, 「산유화」, 「엄마야 누나야」, 「부모」 같은 시들은 널리 애송될 뿐만 아니라 노래로 만들어져 애창되기도 해.

많은 이들이 김소월의 시를 '민요시'라고 한다. 민요에 들어 있는 향토적 소재, 민중적 정감, 2음보 3음보, 3 - 3 - 4조 리듬의 반복 등을 통해 민족적 애환의 정서가 잘 드러나 있기 때문이다. 이 시 역시 4음보*에 4·4조의 기본 음수율*을 바탕으로 하여 그의 시가 갖고 있는 특징을 잘 보여 주고 있어.

이 시의 내용은 표면에 나타나 있는 의미 그대로이다. 박넝쿨이 봄에 뻗을 적에는 그야말로 온 세상을 다 덮을 기세더니만, 여름이 가고 가을이 와 서리가 내려 오그라드니 초가지붕 하나 덮지 못했다는 것이다. 복사꽃도 마찬가지. 필 적엔 봄 동산을 온통 붉은 빛으로 물들일 것 같더니, 봄이 가고 보니 나비 한 마리 잡지 못했다는 것이다.

여기서 우리는 왜 시인은 복사꽃과 박넝쿨을 보고 이 같은 몰락의 기운 허무의 기운을 노래했는지 생각해 보지 않을 수 없다. 김소월을 우리는 흔히 '한恨'의 시인이라고 한다. 그의 시에서의 '한'은 끝없는 순종과 절망 속에서도 그치지 않고 이어지는 어떤 그리움의 세계이다. 그의 대표시라 할 수 있는 「진달래꽃」이 그렇고, 「먼 후일」, 「못 잊어」, 「세상 모르고 살았노라」, 「초혼」, 「왕십리」 같은 시들이 그러하지.

이러한 그의 한의 정서는 우리 민족의 전통적인 정서와도 맥이 닿아 있어 우리나라 사람들이 김소월 시를 애창하는 이유가 되기도 하는데, 김소월이 한의 정서에 깊이 빠져들어 간 것은 아무래

음보 : 시에서 끊어 읽는 단위. 3음절이나 4음절이 보통 한 음보를 이룬다.
음수율 : 시에서 글자수에 따른 운율. 시에서 보여지는 음절의 수, 즉 글자 수가 규칙적으로 반복되면서 만들어지는 운율.

도 그의 생애와 관계가 깊을 듯해. 자, 그렇다면 김소월의 생애를 간략히 살펴보자.

김소월은 1902년 평안북도 정주군 곽산면 남서동(일명 남산동) 569번지에서 태어났어. 2살 때 아버지가 철도를 설치하던 일본인에게 폭행당해 정신이상이 되자 할아버지가 그를 돌보았지. 오산중학교에 입학하여 시인인 안서 김억과 사제 관계를 맺은 소월은 1920년 『창조』지에 「야의 우적」, 「그리워」 등을 발표하면서 문단에 등단했고, 1923년 배재고보를 졸업한 후 고향에 돌아와 평북 정주군 림포면 사립학교 교원이 되었다. 그러던 중 처가의 도움으로 일본 동경에 건너가 도쿄대학 상과대학 예과에 입학했으나 관동 대지진으로 인해 10월경 귀국했지. 1925년 그 유명한 시집 『진달래꽃』을 간행했고, 1926년 낙향하여 동아일보 지국을 개설하여 운영하다 실패, 1934년 12월 24일 시골 장터에서 구입한 아편을 먹고 자살, 향년 32세의 삶을 마감했어.

위와 같은 그의 삶을 살펴보면 아버지의 정신이상, 가정의 지독한 가난과 불행, 되는 일 없이 계속되는 사업 실패, 일제 침략으로 인한 식민지 조선의 암담한 현실 등, 소월에게 비관적 정서를 가져다준 것 뿐이야. 그런 고통과 상실의 환경에서 그가 시 창작의 불꽃을 피워올린 기간은 1920년 등단 이후 1926년까지 고작 6년이었어. 이 시기에 그는 오늘날 인구에 회자되는 불후의 시편들을 쏟아낸 것이지.

명호야.

김소월의 삶이 그렇게 힘들었는데, 그의 시는 강변의 금모래처럼 맑고 깨끗한 것을 보면 참 이상하지? 그것은 시란 힘든 상황을 그대로 표현하는 것이 아니라, 그런 일들이 다 가라앉은 후에 걸러진 서정(이것을 정서情緖라고 해)을 바탕으로 쓰여지기 때문에 그래. 곧 흙탕물이 가라앉으면 그 위에 맑은 물이 뜨는 것처럼 말이야. 이에 대한 이해는 우리가 시를 이해하는 데 중요한 요소 가운데 하나이니까 잘 알아 두면 좋겠지?

앞에서 소개한 시「박넝쿨 타령」은 그가 죽은 뒤 1939년 『여성 42호』에 발표되었어. 이 시 역시 민요적 향토적 색채가 짙은 작품으로, 앞서 말한 그의 시 세계인 한의 세계를 노래하고 있지.

소월은 이제 막 땅맛을 알아 왕성하게 뻗어 나가는 앳된 박 넝쿨을 보고 인생의 비의秘意를 깨달았던 것 같다. 초가삼간을 뒤덮을 것처럼 뻗어 나가던 박 넝쿨은 혈기왕성한 젊은 청춘이 세상을 손아귀에 넣고 마음대로 주무를 것만 같은 호기로운 기세로 보였을 것이다. 그러나 어쩌랴! 세상을 돗자리 말듯 돌돌 말아 옆구리에 끼고 다닐 것만 같던 헌걸찬 기운도 하룻밤 찬 서리에 시들어 말라 버린 박넝쿨과 같은 것을.

이 시에서 우리는 인간의 내면 깊숙이 들어 있는 욕망의 속성과 그것의 허무함을 느낄 수 있겠다. 욕망은 오로지 위로 향하려는 수직 상승의 경향이 있어. 특히 욕망이 사회적으로 실현될 때엔 더욱 그러하지. 더 많은 부와 쾌락, 더 높은 명예와 권력에 대한 추구는 인간을 경쟁의 끝없는 병목 속으로 밀어넣는다. 우리 사회가 경쟁 사회인 만큼 이는 피할 수 없는 현상이지.

사람은 자기 자신만이 전부일 때 지옥에서 벗어나지 못해. 인간이나 자연이나 욕망대로 하자면 못할 게 없겠지. 그러나 하룻밤 새 찬서리에 시들어 버린 박넝쿨처럼, 봄이 와 만개한 복숭아꽃이 흔적도 없이 시들어 버린 것처럼, 자기 뜻대로 되지 않는 게 세상의 이치야. 소월은 이러한 인생의 숨은 뜻을 민요적이고 향토적인 이 시에 담아 이야기하고 있다.

명호야.

예전에 나는 이런 욕망의 비참한 말로를 직접 눈으로 본 일이 있다. 학생들과 함께 수학여행 길에 경주 불국사에 갔을 때의 일이야. 불국사 앞마당 귀퉁이에 큰 고목나무가 있었어. 그 고목나무를 칡넝쿨이 타고 올라갔는데, 그 크기가 엄청났다. 끝이 보이지 않을 정도로 큰 고목나무를 감고 오른 칡넝쿨의 굵기가 거의 어른 허벅지만 했어. 그런데 정말 놀라운 것은 고목나무 끝까지 감고 올라간 칡넝쿨 줄기가 더 이상 오를 곳이 없자 급기야 밑으로 내려오면서 제 줄기까지 넌줄넌줄 다 감고 있었어. 가운데 있는 고목은 자세히 보지 않으면 형체를 가려 내기 어려울 정도였다. 그 정도로 칡넝쿨이 수십 마리 구렁이가 굼실대며 엉킨 듯 뒤엉켜 있었지.

고목과 칡넝쿨을 자세히 살펴보다 나는 온몸에 소름이 돋아 깜짝 놀라고 말았어. 고목나무뿐만 아니라 그 고목을 타고 오른 칡넝쿨마저 죽어 있었기 때문이야. 그러니까 고목나무도 그 고목을 타고 오른 칡넝쿨도 다 죽어 있었던 거야. 나는 그 모습을 사진으로 찍어 교무실 책상 유리판 밑에 놓아 두고 인간이든 자연이든 욕망이 지나칠 때의 모습이 어떠한가에 대한 경계로 삼은 일이 있다. 고목나무가 어찌 되든 혼자만 살겠다고 감고 올라간 칡넝쿨이 결국은 더 오를 곳이 없자 밑으로 내려오면서 자기 자신을 휘감아 죽였던 거야.

명호야.

김소월의 이 시 「칡넝쿨 타령」을 작곡가 김규환(1925~2011) 씨가 고쳐 써서 테너 박인수가 부른 「넝쿨타령」이라는 노래가 있다. 좋은 시는 이렇게 노래로 만들어져 불리기도 하는데, 원래의 시 「칡넝쿨 타령」과는 많은 차이를 보이기는 하지만, 여기 소개하니 한 번 감상해 보렴.

넝쿨타령

김규환

칡넝쿨이 에헤요 벋을 적만 같아서는
가을철이 어리얼시 있을 법도 않더니만
하루 밤도 찬서리에 에헤요 에헤야
맥이 풀려 잎들만 시들더라 에헤요
에헤요 시들더라

복사꽃이 에헤요 피일 적만 같아서는
천하 나비 어리얼시 다 모을 것 같더니만
급기야는 봄이 가니 에헤요 에헤야
어느 나비 한마리 못 잡더라 에헤요
에헤요 못 잡더라

박넝쿨이 에헤요 벋을 적만 같아서는
온 세상을 어리얼시 다 덮을 것 같더니만,
초가삼간 다 못 덮고 에헤요 에헤야
둥글박만 댕글이 달리더라 에헤요
에헤요 달리더라

손등이 밭고랑처럼 터진 계집아이는

~~~~

팔원八院

‑ 서행시초西行詩抄 3

백석

차디찬 아침인데
묘향산행 승합자동차는 텅하니 비어서
나이 어린 계집아이 하나가 오른다.
옛말속같이 진진초록 새 저고리를 입고
손잔등이 밭고랑처럼 몹시도 터졌다.
계집아이는 자성慈城으로 간다고 하는데

자성은 예서 삼백오십 리 묘향산 백오십 리
묘향산 어디메서 삼촌이 산다고 한다.
쌔하얗게 얼은 자동차 유리창 밖에
내지인* 주재소장 같은 어른과 어린아이
둘이 내임*을 낸다.
계집아이는 운다, 느끼며 운다.
텅 비인 차 안 한 구석에서 어느 한 사람도 눈을 씻는다.
계집아이는 몇 해고 내지인 주재소장 집에서
밥을 짓고 걸레를 치고 아이보개를 하면서
이렇게 추운 아침에도 손이 꽁꽁 얼어서
찬물에 걸레를 쳤을 것이다.

명호야.

시 두 번째 이야기는 백석의 「팔원八院」이란 시야. 백석(1912-1996, 본명은 백기행)은 평안북도 정주에서 태어났어. 1934년 조선일보사에 입사하여 서울 생활을 시작하였고, 1935년 조선일보

내지인 : 일본인.
내임 : 요금.

에 시 「정주성」을 발표하면서 등단했어. 백석白石이라는 필명은 그가 일본 시인 이시카와 다쿠보쿠石川啄木의 시를 너무 좋아해 그의 이름 가운데 '석石' 자를 가져다 썼다고 해. 그는 김소월과 만해 한용운, 정지용이 다져 놓은 한국 현대시의 기틀 위에서 평안도 방언을 비롯하여 고어, 토착어 등을 시에 적극 끌어들임으로써 한국 시의 영역을 넓히는 데 기여한 시인으로 평가받고 있어.

내가 백석의 시를 제대로 읽은 것은 아무래도 1990년대 중반일 거야. 백석은 월북 시인이라는 이유로 남한에서 금기시되었다가, 1987년 월북 작가 해금 조치 이후 활발하게 소개되었는데, 내가 백석의 시를 처음 본 것도 그때였어. 그러나 그때는 읽어도 다른 해금 작가들과 같이 출판된 책을 보면서, 말로만 듣던 백석 시가 이렇구나 하는 식으로 대충 훑어보는 정도였어. 그러다 1990년대 중반 내가 우리말 공부를 본격적으로 하면서 백석 시를 자세히 읽으며, 어떤 시는 공책에 베껴 쓰기도 했지. 그때 읽은 시 가운데 「남신의주 유동 박시봉방」, 「수라」, 「나와 나타샤와 흰 당나귀」, 「국수」, 「고향」, 「여승」, 「여우난곬족」 같은 시가 기억에 남아.

위에 소개한 시 「팔원」은 1939년 11월 10일 조선일보에 발표되었어. 1939년이면 일제의 식민지 조선 탄압이 극을 향해 치달아 갈 때지. 일제는 1930년대에 접어들면서 조선에 대한 통치 방식을 다시 강경하게 바꾼다. 일제는 1931년 만주 침략을, 1937년에는 중국의 대륙 침략을 본격화했고, 1941년에는 급기야 태평양 전쟁을 일으켜. 그들은 계속되는 전쟁 속에 더 많은 식민지를 탐해 갔고, 그로 인해 식민지 조선은 일본 군국주의를 위한 병참기지*가 되어 온갖 수탈이 자행되었어. 이는 1920년대까지 일제는 조선을 중요한 식량 공급지로 여겼으나, 1930년대 들어 조선을 군사 작전에 필요한 인원과 물자를 관리, 보급, 지원하는 대상으로 보았기 때문이야.

이러한 때에 백석은 평안도(관서지방이라고도 함)를 여행하며 시 4편(「구장로」, 「북신」, 「팔원」, 「월림장」)을 쓰게 되는데, 위의 시는 그때 쓴 시 가운데 세 번째 작품이야. 관서지방을 여행하는 도중 아침에 팔원이라는 곳에서 묘향산으로 가는 승합 자동차를 탄 어린 계집아이를 보면서 쓴 시야.

명호야.

우리는 이 시를 읽으며 다음과 같은 점을 놓치지 말아야 해. 이 시는 다른 서정시처럼 시의 화자가 시의 서술 주체가 아니라는 것이야. 다시 말해 보통 일반적인 서정시는 시의 화자인 '나'가 시에 등장하여 시를 진술해 가는데, 이 시는 시의 화자(작가인 나)가 철저히 표면에 드러나지 않아. 마치 소설로 말한다면 3인칭 관찰자

병참기지 : 일제가 조선을 전쟁의 보급 기지로 만들고자 실시한 정책.

시점에 해당된다고 하겠다. 이렇게 화자가 전면에 드러나지 않음으로써 얻을 수 있는 시의 효과는 '객관성'이야. 어느 추운 겨울날 자성이라는 곳으로 가는 승합 자동차 안에서 일어난 일을 주관적 감정을 배제하고 있는 그대로 표현함으로써 일제 강점기 일본인 밑에서 고통스런 삶을 살고 있는 우리 민족의 모습을 구체적으로 드러내 주고 있어.

    명호야.
    나는 이 시를 읽으며 나의 첫사랑이던 기정이 누님을 떠올렸단다. 기정이 누님은 내가 어려서 다니던 시골 초등학교 선배야. 4학년 때 나는 학교를 대표해 웅변대회에 나가기 위해 연습을 했는데, 나보다 2학년 위인 그녀에게 나는 처음으로 이성에 대한 연모의 감정을 가졌단다. 둘이 남아 교실에서 웅변 연습을 할 때 나는 얼마나 가슴이 두근거리고 얼굴이 잘 익은 대춧빛으로 물들었던지. 지금 생각해도 한마디로 투명한 햇빛이 온몸을 관통하는 것 같았어. 그녀 앞에서 나는 목소리가 떨려 말도 제대로 할 수 없었고, 먼 훗날 그녀가 내 아내가 되어 평생을 함께 살아갈 날을 꿈꾸기도 하였단다.
    졸업 후 그녀는 대처로 떠났다. 여느 사람과 마찬가지로 그녀도 중학교 진학을 포기한 채 서울로 돈 벌러 떠난 거야. 그때는 그런 일이 아주 많았거든. 그 후 나는 그녀에 대한 소식을 간간이 들었는데, 서울에서 식모살이와 공장 생활을 전전하다가 나중에 결핵에 걸려 피를 쏟은 후 시골에 내려와 요양 생활을 했다는 거야.

자, 어떠니? 나의 첫사랑이었던 기정이 누님과 백석의 시「팔원」에 나오는 "나이 어린 계집 아이"가 어딘가 좀 닮지 않았니? 둘이 살아가는 시대만 다를 뿐 처한 상황은 아주 비슷하지 않니? 둘다 어려서 남의 집 식모살이를 해야 했고, 그러기 위해 가족과 일찍 헤어지고 정든 마을을 떠나야 했으며, 이후 대처를 전전하며 망가진 몸으로 병들고 가난한 삶을 살아야 했다는 점에서 말이야.

이런 사람들, 힘없고 가난하고 배우지 못해 몸뚱이 하나를 밑천 삼아 세상을 살아가야 하는 이른바 '민중'이라는 사람들, 겨울이면 추위에 손등이 밭고랑처럼 갈라터진 사람들이 있었기에 우리의 삶은 오늘도 이어지고 있다고 해야겠지. 내가 시를 쓰면서 시 속에 이런 사람들의 생활정서를 많이 표현하려고 하는 것도 내 주변에 기정이 누님 같은 분들이 많이 있어서야.

명호야.

앞에서 나는「서행시초」가 모두 네 편의 시로 되어 있다고 했지? 그럼 여기서 첫 번째 작품인「구장로球場路」를 더 읽어 보자. 그때 당시의 여행자로서 백석의 행색과 생각을 통해 그 당시 사람들의 생활상을 엿볼 수 있을 것이다.

구장로

삼리三里밖 강 쟁변엔 자갯돌에서
비멀이한* 옷을 부숭부숭 말려 입고 오는 길인데
산 모롱고지 하나 도는 동안에 옷은 또 함북 젖었다

한 이십리二十里 가면 거리라든데
한겻* 남아 걸어도 거리는 보이지 않는다
나는 어느 외진 산길에서 만난 새악시가 곱기도 하든 것과
어느메 강물 속에 들여다보이던 쏘가리가 한자나 되게 크던 것
을 생각하며
산비에 젖었다 말랐다 하며 오는 길이다

이젠 배도 출출히 고팠는데

———

비멀이한 : 비에 온몸이 젖은.
한겻 : 하루의 1/4인 시간, 곧 여섯 시간.

어서 그 옹기장사가 온다는 거리로 들어가면

무엇보다도 먼저 '酒類販賣業^{주류판매업}'이라고 써붙인 집으로
들어가자

그 뜨수한 구들에서

따끈한 삼십오도 소주^{燒酒}나 한 잔 마시고

그리고, 그 시래기국에 소피를 넣고 두부를 넣고 끓인 구수한
술국을 뜨근히

몇 사발이고 왕사발로 몇 사발이고 먹자

꽃처럼 시처럼, 감성의 힘

꽃처럼 시처럼, 감성의 힘

기러기

윤석중

달 밝은 가을밤에 기러기들이
찬 서리 맞으면서 어디로들 가나요
고단한 날개 쉬어 가라고
갈대들이 손을 저어 기러기를 부르네.

산 넘고 물을 건너 머나먼 길을

훨훨 날아 우리 땅을 다시 찾아 왔어요
기러기들이 살러 가는 곳
달아 달아 밝은 달아 너는 알고 있겠지.

명호야.

너한테만 살짝 내 취미를 말해 줄게. 나는 노래하기를 좋아해.
예전에 누가 나에게 취미가 뭐냐고 물었을 때 한참 생각하다 차
안에서 노래 부르기라고 대답한 적이 있어. 노래는 주로 혼자 있
을 때 해. 차 안에서 운전하면서 하기도 하고 산에 갔을 때 하기도
해. 그러나 그렇다고 매번 하는 것은 아니야. 뭔가 감이 왔을 때,
다시 말해 내 안의 정서적 출렁임을 노래에 실어 퍼 내지 않으면
안 되는, 이른바 '필'이 꽂혔을 때 해. 그런 상태를 당나라 때의 한
유*라는 사람은 '불평즉명不平則鳴'이라 했어. 이 말은 곧 만물은 원
래 소리가 없는데 평형이 깨지면서 소리가 난다는 뜻이야. 바람은
대숲을 만나 울고, 시냇물은 돌을 만나 울며, 새는 노래로 울고, 먹
구름은 천둥으로 운다는 것이야.

아무튼 어떤 계기가 있어 '노래 모드'가 내 안에 장착되면 노래

한유 : 중국 당나라 때의 문장가.

를 하는데, 한 번 하면 최소한 한 시간 이상 한다. 레퍼토리도 다양하지. 동요, 민요, 단가, 가곡, 트롯, 민중가요, 일반가요, 팝송에 판소리까지 내 안에 저장되어 있는 노래들을 장르 별로 거의 다 섭렵하다시피 해. 이렇게 노래를 한바탕 하고 나면 그동안 묵었던 감정의 넝검지(찌꺼기)들이 장마철 큰물에 쓰레기 씻겨 내려가듯 싹 내려가는데, 그때 처음 시작하는 노래가 동요이고, 동요 가운데서도 빠트리지 않고 하는 노래가 이 「기러기」이야.

그렇게 내가 애창하는 노래이지만 그러나 언제 내가 이 노래를 익혔는지는 전혀 기억에 없어. 아무래도 어려서겠지. 시골에서 초등학교 다닐 무렵일 거야. 왜냐면 서울로 전학 간 이후 중고등학교에 다닐 때는 도시 생활의 번잡함에 휩쓸려, 이런 동요를 배울 기회가 거의 없었기 때문이지.

이 노래는 동요지만 가사는 한 편의 시이다. 나는 이 노래를 부를 때마다 한 폭의 그림을 떠올려. 찬 서리 내린 달 밝은 가을밤, 어디론가 날아가는 기러기 편대와 강가에서 바람에 흔들리는 갈대가 그려진 그림. 이런 장면에 뒤이어 윤석중은 먼 하늘을 고단하게 날고 있는 기러기들에게 갈대들이 쉬어 가라고 손을 저어 기러기를 부른다고 썼어. 그런데 이 대목이 나를 사로잡는다. 내가 이 동요를 좋아하여 평생 부르는 것도 아마 이 구절 때문일 거야.

시든 소설이든, 아니면 다른 예술이든 좋은 작품에는 보는 사람을 빨아들이는 힘이 있어. 나는 그 힘을 '감성적 힘'이라고 부른다. 감성적 힘은 이성이 아닌 감성의 작용으로 사람의 언행에 미치는 힘을 말해. 감성은 객관, 합리, 판단과 같은 이성의 울타리를 넘어서 있지. 감성은 어떤 외부의 자극에 의해 일어나는 느낌이야. 이 동요에서 우리는 어떤 느낌을 느낄 수 있는가? 찬 서리 내린 가을 밤하늘을 나는 기러기를 보고, 갈대들이 쉬어 가라고 손을 흔들어 부른다. 이 의인화된 표현을 통해 드러나는 것은 바로 가을밤 날아가는 기러기들을 보고 그들이 고단할 거라고 생각해 외면하지 않고 쉬었다 가라고 부르는 갈대들의 착한 심성이야. 지상의 갈대가 하늘의 기러기들에게 쉬어 가라고 손짓하는 그 행위를 통해 이 동요는 노래하는 사람의 마음에 배려와 공감의 따뜻함을 가져다준다. 연대까지는 아닐지라도, '애처러움'을 바탕으로 하는 사물과 사물과의 교감이야말로, 꽃처럼 시처럼 아름다운 감성의 힘으로 인간을 외로움의 골방에서 걸어나오게 하며, 타인을 의식하고, 세상을 밝고 따뜻하게 살아볼 만한 곳으로 만들지.

명호야.

내가 말하는 감성의 힘이란 바로 그러한 힘을 말해. 일상의 말한 마디, 행동 하나, 눈짓과 몸짓 같은 사소한 행위들이 우리를 살리기도 하고 죽이기도 해. 감성의 힘은 밤하늘을 나는 기러기를 위해 달은 환히 길을 비춰 주고, 기러기의 생명과 생태에 관심을 보이며, 이러한 관심은 모든 생명은 서로 연결되어 있다는 '인드라 망'의 세계로까지 인식의 확장을 가져다준다.

윤석중(1911~2003)이 처음 동시를 발표한 것은 그의 나이 열세 살이던 1924년이야. 그 후 약관(20세)을 겨우 넘긴 1932년 우리나라 최초의 창작 동요집인 『윤석중 동요집』을 발간했는데, 이때 춘원 이광수는 윤석중을 "아기네 노래의 찬탄할 천재"라고 칭찬한 바 있지.

그러나 이러한 화려한 그의 활동 이면에는 신산한 삶이 또한 도사리고 있어. 그는 세 살 때 어머니를 여의고 외할머니 품에서 자랐어. 어머니를 일찍 여읜 그는 아버지 또한 집에 없어서 부모의 충분한 사랑을 받지 못한 채 자라났지. 이로 인해 윤석중은 생애 초기인 유년기와 인생에서 가장 예민한 시기라 할 수 있는 청소년기에 일찍부터 상실감을 경험하게 되고, 그러한 독특한 인생 경험이 그의 초기 문학을 형성하는 데 많은 영향을 끼쳤을 것으로 짐작이 돼.

입에서 입으로 대대로 이어져 내려오면서 불리는 동요시를 쓴 윤석중. "새 나라의 어린이는 일찍 일어납니다"로 시작되는 「새 나라의 어린이」, "빛나는 졸업장을 타신 언니께"로 시작되는 「졸업식 노래」, "날아라 새들아 푸른 하늘을, 달려라 냇물아 푸른 벌판을"의 「어린이날 노래」, "기찻길 옆 오막살이, 아기 아기 잘도 잔다"의 「기찻길 옆」, "산 위에서 부는 바람 서늘한 바람, 그 바람은 좋은 바람 고마운 바람"의 「산바람 강바람」, "엄마 앞에서 짝짜꿍, 아빠 앞에서 짝짜꿍"의 「도리도리 짝짜꿍」, "퐁당퐁당 돌을 던지자"의 「퐁당퐁당」, "낮에 나온 반달은 하얀 반달은"의 「낮에 나온 반달」, "고향 땅이 여기서 얼마나 되나"의 「고향 땅」 등, 그의 주옥 같은 동요시로 작곡된 노래는 오늘날까지 수 많은 사람들이 부르고 있어.

동요시를 쓰면서 아흔이 넘도록 살았던 윤석중은 자기 자신을 일컬어 '노래 나그네'라 했단다. 그는 실제로 「노래가 없고 보면」이라는 시에서 "노래가 없고 보면 무슨 재미로 / 냇물이 돌 틈으로 흘러 다니며 / 노래가 없고 보면 무슨 맛으로 / 바람이 숲 사이로 지나다니랴.(1절)"라고 노래하여, 자신이 곧 노래이고, 노래가 있어서 자신도 있게 되었음을 고백하고 있어.

나는 이 글을 쓰면서도 그의 동요 몇 곡을 계속 입으로 흥얼거린다. 평생을 어린이 심성 함양에 힘을 쏟은 작가이기에 윤석중의 동요는 어느 것 하나 내 입에 거슬리지 않아. 그만큼 그의 노래는 어쩌면 내 정서의 원형을 형성하고 있다고 보아도 좋을 것이다. 게임과 대중가요에 파묻혀 사는 요즘 어린이들이 그의 동요를 부르며 '서정적 자아'를 형성했으면 좋겠다. 어려서 부른 좋은 동요

가 나중에 커서까지 그 사람의 아름다운 인격을 형성한다는 사실
을 많은 이들이 알았으면 좋겠어.

　명호야.
　이 글을 끝내면서 예전 중학교 국어 교과서에 실려 있던 그의
동시 「먼 길」을 소개한다. 이 시는 1940년대 일제에 의해 징용에
끌려가던 어느 가족의 이야기라고 해. 아기를 조금이라도 더 보고
가려는 아버지와 그런 아버지를 더 많이 보아 두려는 아기의 모습
이 아름답고 애틋하게 그려져 있어.

　먼 길

　　　　　　　　　　　　윤석중

　아기가 잠드는 걸
　보고 가려고
　아빠는 머리맡에
　앉아 계시고

아빠가 가시는 걸
보고 자려고
아기는 말똥말똥
잠을 안 자고

가기도 잘도 간다 서쪽 나라로

반달

윤극영

푸른 하늘 은하수 하얀 쪽배엔
계수나무 한 나무 토끼 한 마리
돛대도 아니 달고 삿대도 없이
가기도 잘도 간다 서쪽 나라로

은하수를 건너서 구름 나라로

구름 나라 지나선 어디로 가나
멀리서 반짝반짝 비치이는 건
샛별이 등대란다 길을 찾아라

명호야.

나는 대낮의 파란 하늘에 하얀 반달이 보일락말락 떠 있을 때
그 반달을 보며 저 반달이야말로 '영원의 귀고리'가 아닐까 하는
생각을 한단다. 햇빛이 허공에 부서져 눈이 부시게 파란 하늘은
아무리 보아도 영원 그 자체다. 한 점 티끌도 없는 순수 그 자체인
하늘, 그 드넓은 영원의 바닷가에 작은 조각배처럼 희미하게 낮달
이 떠 가물거리고 있으니, 반달은 영락없이 영원의 귀에 걸린 귀
고리일 수밖에.

내가 「반달」이란 동요를 처음 알게 된 것은 초등학교 때였다.
선생님이 풍금을 치고 학생들은 선율에 맞춰 노래를 불렀지. 하굣
길, 필통 소리 달각거리는 책보를 메고 집에 가면서 그 애잔한 선
율을 콧노래로 되새김할 때 반달은 파란 고향 하늘 어딘가에 떠
있었을거야.

이 노래를 가만히 불러 보면 파란 하늘을 배경으로 엷게 떠 가는 흰 구름을 보는 것 같은 느낌을 갖게 된다. 달나라에 사는 토끼가 계수나무 아래에서 방아를 찧고 있다는 아득한 전래 설화가 떠오르고, 또 하얀 쪽배로 표현된 반달이 돛대도 삿대도 없이 흘러가는 곳이 다름아닌 "서쪽나라"야. 여기서 서쪽 나라는 물론 해가지고 달이 지는 곳이지. 그런데 노래를 부르다 보면 '서쪽'이 단순히 동서남북 할 때의 방향만을 나타내는 것이 아니라, 불교의 이상향인 '서방정토'까지 떠올리게 되어, 우리 민족이 가서 살고 싶어하는 곳임을 느끼게 해.

윤극영 선생은 동요 「반달」을 1924년에 작곡하여 10월 20일자 동아일보에 발표했어. 많은 이들이 '반달'을 나라 잃은 우리 민족의 설움을 담은 곡으로 해석하지만, 창작 동기는 상당히 개인적이라고 해. 1923년 스물한 살이던 윤극영은 서울 삼청공원 근처 소격동에 살고 있었대. 그에겐 누님 한 분이 있었는데, 그보다 십년이나 위인 누님이 시집 가 고생만 하다 세상을 떠났다는 소식을 듣고 윤극영은 삼청공원에 가 남몰래 울었고, '반달'의 악상이 떠오른 건 그때였다고 해. 새벽 하늘에 은하수 같이 엷은 구름이 깔려 있고, 그 너머 반달이 떠 있는데, 멀리 샛별이 반짝이고 있었대. 누님을 잃은 슬픔 속에 태어난 「반달」은 나라 잃은 슬픔에 젖어 있던 온 겨레의 마음속을 파고들었지.

근대 음악이 싹트기 시작한 1920년대 대중들에게 널리 불려진 것은 동요였어. 창가에서 대중가요로 넘어가는 과도기에 동요가 나라 잃은 민족의 슬픔과 저항 의식을 담아 냈고, 「반달」도 그런 작품 가운데 대표적인 것이라고 볼 수 있지. 그래서인지 이 「반달」은 남북의 '겨레가 함께 부르는 노래 100곡'에 선정되기도 했어. 동요로는 「반달」과 「고향의 봄」이 만장일치로 추천되었는데, 이는 아마도 민족의 아픔을 순수한 동심의 세계에 얹어, 많은 이들이 세대를 뛰어넘어 애창했기 때문일 거야.

　　명호야.
　　나는 「반달」을 부를 때 특히 1절의 마지막 "가기도 잘도 간다 서쪽 나라로"에 강하게 끌린다. 이 부분은 맨 첫 소절 "푸른 하늘 은하수 하얀 쪽배"의 이미지와 연결되어 험난한 바다를 헤쳐 가는 작은 조각배를 연상시키지. 높고 애절한 선율에 실린 이 가사는 나를 한껏 창공에 밀어 올려 끝없는 영원의 세계를 그리워하게 해.

　　그런데 왜 서쪽 나라일까? 일차적으로 달은 동쪽에서 떠서 서쪽으로 진다. 많은 이들은 서쪽 나라를 우리 민족의 해방으로 보기도 해. 나는 내 나름의 의문 속에 여러 가지 상상을 하게 돼. 서쪽 나라는 어디일까? 그 나라에 가면 지금 내가 사는 이 나라에 없는 다른 무엇이 있을까? 동서남북 중 왜 하필 서쪽일까? 서쪽이면 해가 지는 방향인데, 혹시 죽은 사람들이 모여 사는 곳이 아닐까? 그렇다면 불교에서 말하는 서방정토의 세계?

'서쪽 나라'라는 말이 품고 있는 의미는 나를 우주 공간에 펼쳐진 무한한 별만큼이나 상상에 상상을 거듭하게 했고, 다음과 같은 생각에 이르렀다. 그렇지. 우리나라 말(언어)이 우랄 - 알타이 어語로, 우리 민족의 시원始原이 시작되는 곳이 우랄 - 알타이산맥* 근처이니 서쪽 나라는 바로 그 지역 어디를 말하는 것이 아닐까? 우리 민족의 뿌리가 시작되는 알타이산맥 부근. 생각이 이에 미치자 나는 카자흐스탄과 몽골 사이 알타이산맥에 가 보고 싶어 안달이 났다. 그렇게 십 년 넘게 달뜬 꿈 하나를 가슴에 품고 살던 차에 드디어 기회가 왔어. 몽골 고비사막 종주 여행 중 알타이산맥을 보게 된 것이다.

우리는 끝도 없이 펼쳐지는 알타이산맥을 끼고 차를 달렸어. 누런 모래사막 저편 높고 낮은 산의 굴곡이 검은 광목의 띠처럼 이어지는 알타이산맥. 차는 어느 산등성에 다다라 더 이상 오르지 못하고 헐떡거려 사람들이 내려 차를 밀어야 하는데, 아 그때 올려다본 하늘의 샛푸름. 거센 바람에 메마른 풀잎이 사정없이 부대끼고, 한 점 티끌조차 없이 푸르기만 한 무한천공! 영원의 깊이

알타이산맥 : 러시아, 몽골, 카자흐스탄의 국경에 걸쳐 있는 길이 1,900km의 산맥.

로 빨려들어갈 듯 소용돌이치는 그 벽공의 하늘! 나는 그 산등성을 걸어 넘으며, 가슴 깊은 곳에서 솟아오르는 노래 「반달」을 부르며 그 선율에 눈물을 흘렸다. 내가 그토록 상상하고 염원했던 '서쪽 나라'가 거기 있었다. "돛대도 아니 달고 삿대도 없이" 파란 하늘 물살을 찰랑찰랑 저어 온 반달의 종착지가 그곳이라니.

명호야.
나의 「반달」에 대한 해석과 감상이 너무 주관에 치우치지 않나 싶기도 하지만, 그것은 어디까지나 감상자로서 가질 수 있는 권리로, 나는 「반달」을 통해 존재의 시원과 그로부터 번져 나가는 상상력의 파동을 마음껏 느낄 수 있었단다. 이처럼 좋은 작품은 사람의 정서를 맑게 하고 영혼을 고양시킨다. 우리가 문학을 하고, 그림을 그리고, 음악을 하는 행위 혹은 그것을 감상하는 것은 자신을 정화하고 타인의 영혼을 고양시키기 위해서야.

나는 지금까지 「반달」을 수백 번 이상 불렀을 거야. "푸른 하늘 은하수", 이렇게 시작되는 이 동요의 아련한 선율이 입가에 맴돌면 나는 어린 시절 책보를 메고 집에 가며 부르던 꼬맹이로, 그리고 알타이산맥 산등성을 걸어서 넘어가던 순례자 같은 여행객으로 되돌아간다.

발자국 하나도 흐트러트리지 마라

-➤.

답설踏雪

서산대사

눈을 밟으며 들판을 걸을 때는
걸음걸이를 어지럽게 하지 마라.
오늘 내가 남겨놓은 이 발자취는
뒷사람들의 이정표가 되리니.

踏雪野中去 답설야중거

不須胡亂行 불수호란행

今日我行跡 금일아행적

遂作後人程 수작후인정

명호야.

너 혹시 충남 공주에 있는 마곡사에 가 본 적 있니? 마곡사는
2018년에 유네스코 세계 문화유산에 등재될 정도로 아름다운 절
이야. 그런데 마곡사에는 '백범길'이라는 산책로가 있어. 마곡사를
둘러싼 그리 길지 않은 길인데, 이 길 명칭에는 유래가 있어. 김구
의 『백범일지』에도 나오는 이야기인데, 김구 선생이 스무살이던
1896년, 명성왕후 시해 사건에 가담한 것으로 추정되는 일본군 중
위 스치다 조스케를 살해한 후 마곡사로 피신한 적이 있는데, 그
때 김구 선생이 은거하던 곳에 난 산길이야. 내가 왜 이런 말을 하
느냐면 위 시 「답설踏雪」이 김구 선생과 관련이 있어서야.

이 시를 지은 서산대사(1520~1604)는 법명이 휴정休靜이고 호는
청허淸虛야. 법명이란 출가한 사람에게 종문이 지어 주는 이름이
지. 서산西山인 묘향산에 오래 머물렀다 하여 서산대사라고 해. 휴
정은 사십 대 후반에서 육십 대 후반에 이르는 동안 묘향산을 중

심으로 제자들을 지도했는데 그 수가 1천여 명을 넘었다고 해. 그가 일흔세 살 되던 1592년에 임진왜란이 일어났어. 이때 평안도 의주로 피난한 선조가 휴정을 팔도도총섭에 임명하자 휴정은 묘향산에서 나와 전국의 승려들에게 총궐기를 호소하는 격문을 방방곡곡에 보내 승군僧軍을 모집, 그의 제자 유정惟情과 함께 평양성을 공격해 탈환했어.

이 시는 백범 김구 선생이 평생 좌우명으로 삼았던 것으로, 1948년 백범이 남북 협상 길에 오르면서 인용해 널리 알려지게 되었지. 1948년 당시 김구는 '3천만 동포에게 읍고함'이라는 성명을 발표하면서 남과 북의 분단 정부 수립에 대해 반대하는 입장을 분명히 했고, 분단이 결국에는 한반도에 전쟁을 가져올 것이라고 예견했어. 이때 당시의 심정을 김구는 그의 저서 『백범일지』에 다음과 같이 드러내고 있다.

"나는 통일된 조국을 건설하려다가 삼팔선을 베고 쓰러질지언정 일신에 구차한 안일을 취하여 단독정부를 세우는 데는 협력하지 아니하겠다."

이런 상황에서 1948년 남한의 김구와 김규식은 북한의 김일성과 김두봉에게 편지를 보내 남북 정치 요인 회담을 개최하자고 제안했어. 이에 대해 북한의 김일성과 김두봉이 승낙하면서 회담이

성사되었고, 김구는 김규식과 함께 38선을 넘어 평양으로 가 남북 협상에 참여했지. 그리고 외견상 이 남북 협상은 성공한 것으로 보였어. 그들은 김일성 김두봉과 함께 분단 정부 수립에 반대한다는 '4김 공동성명'을 발표했지. 그러나 북한은 이들의 공동성명과는 달리 대한민국 정부가 수립된 지 24일 후인 9월 9일 조선 민주주의 인민 공화국 정권을 수립했어. 이로써 한반도는 남한과 북한이 독자적인 정부를 수립함으로써 분단 체제의 확고한 틀을 갖추게 되었지.

명호야.

내가 이 시를 처음 만난 것은 1980년대 중반이었어. 정확한 시기는 기억나지 않으며, 시를 접한 것도 책이 아닌 노래를 통해서였다. 그 당시 나는 『민중교육』지 사건에 연루되어 학교에서 해임되고 대전에서 동료들과 교육운동에 전념하고 있었어. 『민중교육』지 사건이란 1985년 전두환 군부정권이 학교 교사들이 교육의 민주화를 요구하며 만든 책 『민중교육』을 좌경 용공으로 몰아 해당 교사들을 구속하고 해임시킨 사건이었다. 우린 학교에서 쫓겨난 후 대전에 사무실을 마련해 자주 모였는데, 그때 누군가가 가수 양희은의 노래 「상록수」에 위 소개시를 가사로 붙여 노래했지.

나는 곧장 이 시의 출처를 찾아보았고, 그것이 곧 서산대사의 시 「답설踏雪」임을 알았다.* 나는 이 시를 읽고 그 의미의 평범함에 놀랐어. 의미 해석에 무엇 하나 덧붙일 게 없는 평범함, 그러나 실제로 행하기에는 지극히 어려운 그런 내용을 이 시는 담고 있었다. 모든 진리의 말씀이 다 그렇지 않은가? 성경이나 불경의 말씀도 격언이나 속담에 나오는 말도 알고 보면 겉으로는 다 쉬운 말들인데, 행하기는 평생에 걸쳐 노력해도 이루기 어려운 말들이 아닌가. "네 이웃을 공경하라." 이 한마디만 해도 그렇지 않은가?

눈 쌓인 밤길을 걸어갈 때 함부로 발자국을 흐트러트리지 마라. 네가 걷는 오늘의 이 발자국이 뒤에 오는 사람의 이정표가 될 테니까. 네 발자국을 보고 그 발자국 따라 뒷사람이 걸으니 비틀거리지 말고 똑바로 걸어라. 과연 지극히 평범한 말로 잠든 영혼을 후려치는 시가 아닌가.

명호야.

나는 이 시를 「상록수」 노래에 붙여 부를 때 몸에 소름이 돋았단다. 과연 나는 그럴 자신이 있는가? 지금 내가 가는 길이 뒷사람의 이정표가 될 수 있을까, 하는 생각에서였지. 오랜 시간이 지난 지금 돌이켜보면 나는 결코 그러지 못했음을 느낀다. 나처럼 평범한 사람이 어찌 시에 나오는 선각자와 같은 삶을 살 수 있었겠는가? 다만 그래도 한 가지 위안을 받는 것은 비록 그렇게 '엄격하고

그 후 이 시는 조선시대 이양연(1771-1853)의 작품 「야설野雪」로 알려지기도 했다.

바르게' 살지는 못했어도, 나름대로 부끄럽지 않은 삶을 살려고 노력했다는 거야.

  이 시는 이후 여러 곤경에 처한 나의 삶을 비춰 주는 등대 같은 역할을 해 주었다. 어떤 일로 괴롭고 힘들어 샛길로 빠지고 싶은 유혹이 나를 휘감을 때, 나는 이 시를 떠올리며 고난의 시간을 견뎌냈어. 짧은 시 한 편이 내 인생을 허튼 길로 빠지지 않도록 이끌어 주었던 거지.

'따나'를 만나다

까마귀 검으나 다나

이정보

까마귀 검으나 다나 해오라비 희나 다나
황새 다리 기나 다나 오리 다리 짧으나 다나
세상에 흑백장단은 나도 몰라 하노라

1990년대 중반 나는 부모님 말씀을 녹음하면서 우리말 공부를 한 적이 있다. 그러면서 한 가지 깨달은 게 있어. 그것은 같은 부모라 할지라도 어머니와 아버지께서 쓰시는 말이 다르다는 것이야. 내가 우리말 공부를 하기 위해 자료를 모으고, 모은 자료를 틈틈이 익히다 보니 우리말에 대한 감각이 예민해져서인지도 모른다. 전에는 어머니 하시는 말이나 아버지 하시는 말이 다 같은 줄 알았는데 그게 아니었어.

아버지 말에는 한자어가 많았고, 교과서처럼 어법에 맞는 표현이 많았다. 그런데 어머니 말은 그렇지 않았어. 어머니 말에는 한자어가 거의 없고 문어文語 중심이 아니라 구어口語 중심의 입말이었다. 그러니까 두 분 모두 고향이 충남으로 같고 연배도 비슷했지만, 일상에서 사용하고 있는 말의 특징에는 그렇게 차이가 있었다. 어머니께서 하시는 말이 훨씬 아버지의 말에 비해 생활언어에 가까웠으며 '민중적'이었다. 아버지 말은 문법적이고 개념적이고 설명적이며 권위적인 반면 어머니 말에는 그런 요소가 거의 없었다.

그 후 나는 어머니 말에 더 관심을 갖고 공부하여 우리말의 특성을 알아 냈었다. 곧 우리말은 '상황 언어'라는 거야. 상황 언어는 어떤 상황, 즉 일이 벌어지고 있는 현재의 상황을 전달하는 데 익

숙한 언어라는 거야. 그러다 보니 우리말에는 명사보다는 동사나 형용사가 발달해 있고, 또 그 동사나 형용사를 꾸며주는 부사가 발달해 있어. 아무튼 그런 식으로 우리말의 특성에 대해 공부한 적이 있는데, 어머니의 말이 곧 그랬다는 거야.

어머니께서 이따금 하시는 말 중에 이런 말이 있었다.

"비가 오나따나 들에 나가야 혀."
"몸이 아프나따나 그만 일어나야지."

나는 이런 말 가운데 '따나'에 관심을 두고, 그 말이 대체 무슨 말인지 오래 궁리했단다. "비가 오나따나 들에 나가야 혀." "몸이 아프나따나 그만 일어나야지." 비가 오나 안 오나 들에 나가 일해야 한다, 몸이 아프든 안 아프든 그만 일어나야 한다, 이렇게 뜻은 알겠는데, 왜 '따나'라는 말이 거기 붙는지, 그 말의 어원이 무엇인지, 그렇게 쓰는 다른 말의 용례는 없는지, 등에 대한 의문이 사라지지 않고 머릿속을 맴돌았어.

그렇게 그 말에 대한 의문을 품고 세월이 흘렀다. 그러다 20년도 더 지난 2010년 어느 날, 임형택과 고미숙이 쓴 책 『한국고전시가선』을 읽다가 나는 위 소개 시조를 우연히 '발견'했고, 이 시조에 내가 그동안 궁금해 했던 그 '따나'라는 말이 무려 네 번이나 나온다는 사실에 경악했어. 나는 이 시조를 보자 그야말로 온몸에 전율이 일어 몸이 뻣뻣하게 굳어지는 것 같았단다. 그렇구나. 옛 사람들도 이 말을 썼구나. 그것도 버젓이 문학 작품인 시조에까지 이렇게 씌어 있다니. 이 말이 입에서 입으로 전해져 우리 어머니에게까지 전해져 왔구나. 시조에 이렇게 쓰여 있다면 이 말의 연원은 이 시조가 씌어진 조선 후기보다 훨씬 그 이전으로 올라가겠지. 나는 이 말과 관련해 엉켜 드는 여러 가지 상념을 떨치지 못한 채 이 시조를 여러 번 입 속으로 되뇌었단다. 그러니까 이 시조의 의미는 다음과 같아.

> 까마귀 검거나 말거나 해오라비 희거나 말거나
> 황새 다리 길거나 말거나 오리 다리 짧거나 말거나
> 세상에 흑백장단은 나도 몰라 하노라.

그런데 여기서 한 가지 주의해야 할 게 있어. 어머니께서 말씀하신 "비가 오나따나 들에 나가야 혀." "몸이 아프나따나 그만 일어나야지."의 의미가 비가 오든 말든, 몸이 아프든 말든, 의 단순한 의미가 아니라는 거야. 곧 "비가 오나 따나"는 비가 오더라도의 의미가 강한 말이며, "몸이 아프나따나" 역시 몸이 아프더라도의 의미가 더 강하다는 거야. 그런데 이런 의미 뒤에 '다나(따나)'가 붙은 것은 일종의 앞뒤 문장 연결을 자연스럽게 하기 위함인 동시에, 그런 상황에 대해 말하는 이의 체념적(수긍적) 정서를 나타낸다고 볼 수 있지.

명호야.

이렇게 본다면 위 소개 시조의 뜻이 조금 달라질 수 있다. "검으나 나다"를 검든 말든이 아닌 '검은'에 의미 강조를 둔다면, "까마귀 검으나 해오라비 희나 / 황새 다리 길으나 오리 다리 짧으나 / 세상에 흑백장단은 나도 몰라 하노라"가 되며, 마지막 종장의 "흑백장단"은 앞의 초·중장에 나온 까마귀(흑), 해오라비(백), 황새(장), 오리(단)가 되어, 전체적인 시조의 의미(주제)를 세상 사람들이 보는 가치판단을 벗어난, 항구적이고 절대적인 어떤 가치를 염원하는 것이 되게 해.

고시조에서 이 '다나'를 발견한 이후 나는 이 '다나'를 "어려우나 다나", "운이랄게 뭐 있다나, 흑싸리 껍데기 같은 막운이나 있었지." 같은 말 속에서 다시 만났다. 그뿐만 아니라 어머니께서 하신 말 가운데 '암시랑토 않다(아무렇지 않다)' '그 난리 통구리에(통에)' "아무란 줄(아무 것도) 모른다"와 같은 말들도 더 만났지. 이 말들도 아마 '따나'처럼 예전부터 생활 속에 쓰이면서 전해져 내려온 것들이겠지.

그러나 안타까운 것은 이제는 이런 말들을 다시 만날 수 없다는 거야. 그런 말을 생활 속에서 자연스럽게 쓰시던 어머니 아버지 같은 분들이 이제 다 돌아가셨고, 그런 말에 배인 농경 사회의 흔적은 갈수록 지워지고 있기 때문이야. 일상에서 그런 우리 말을 다시 듣지 못하게 된 만큼 어머니, 아버지 세대에 대한 그리움이 갈수록 크게 밀려온다.

어느 유랑민의 최후의 밤

풀벌레 소리 가득 차 있었다

이용악

우리집도 아니고
일가집도 아닌 집
고향은 더욱 아닌 곳에서
아버지의 침상 없는 최후의 밤은
풀벌레 소리 가득 차 있었다.

노령露領을 다니면서까지
애써 자래운 아들과 딸에게
한 마디 남겨 두는 말도 없었고
아무을만灣의 파선도
설룽한 니코리스크의 밤도 완전히 잊으셨다

목침을 반듯이 벤 채
다시 뜨시잖는 두 눈에
피지 못한 꿈의 꽃봉오리가 갈앉고
얼음장에 누우신 듯 손발은 식어갈 뿐
입술은 심장의 영원한 정지를 가르쳤다.
때늦은 의원이 아모 말 없이 돌아간 뒤
이웃 늙은이 손으로
눈빛 미명은 고요히
낯을 덮었다

우리는 머리맡에 엎디어
있는 대로의 울음을 다아 울었고
아버지의 침상 없는 최후의 밤은
풀벌레 소리 가득 차 있었다.

명호야.

이번에 소개할 시는 일제 강점기를 배경으로 우리 민족이 수난을 당할 때의 이야기야. 시인 이용악(1914~1950)은 함경북도 경성 출생이야. 1945년 '조선문학가동맹'에 가담하여 활발히 활동하다 6·25 때 월북했어. 그는 일제 강점기 고향을 떠나 만주 등지로 떠돌며 살아야 했던 민족의 비극적 삶을 시로 형상화하는 데 주력했다. 그의 대표작이라 할 수 있는 「낡은 집」, 「오랑캐꽃」, 「전라도 가시내」 같은 시들이 그러하며, 위 소개 시 역시 고향을 떠나 러시아에서 최후를 맞이한 유랑민의 비극적 삶을 노래하고 있어.

이 시는 1937년에 발표된 시집 『분수령』에 들어 있는데, 시간 순서에 따른 사건 전개와 공간적 배경을 통해 당대의 사회상을 엿볼 수 있다. 1연에서 화자는 아버지의 죽음에 따른 비참함을 객관적으로 드러내. 침상도 없이 맞이한 아버지 최후의 밤은 풀벌레 소리로 가득 차 있어서 읽는 이로 하여금 더욱 처연한 마음을 갖게 해. 2연에서는 아버지의 과거 삶이 어떠했는지를 보여 준다. 아버지는 고향을 떠나 노령(러시아)까지 드나들며 자식을 키웠고, 아무을만에서 배가 파선된 일이나 쌀쌀한(설룽한) 니코리스크의 밤도 잊은 채 돌아가셨어. 3연에서는 돌아가신 아버지의 모습을 객관적으로 보여준다. "얼음장에 누우신 듯 손발은 식어갈 뿐 / 입술은 심장의 영원한 정지를 가르쳤다" 같은 구절이나 "때늦은 의원이 아모 말없이 돌아간 뒤 / 이웃 늙은이 손으로 / 눈빛 미명은 고요히 / 낯을 덮었다"라는 구체적인 사실 묘사를 통해 아버지의 죽음을 객관적으로 환기시켜 줘. 그리고 마지막 4연의 마지막 2행은 처음 1연이 반복되어 수미상관의 구조를 이루면서, 주제를 강조하는 동시에 "풀벌레 소리 가득 차 있었다"라는 표현을 반복해 강한 정서적 여운을 남기고 있지.

이 시에서 제목으로 쓰인 "풀벌레 소리"는 시적 화자의 슬픔을 대변해 주는 동시에 고요하고 평화로운 분위기를 자아내는 역할을 해. 풀벌레 소리는 단순한 벌레 소리가 아닌 화자의 울음에 가까운 것으로, 시적 화자의 슬픔이 이 소리에 투영되어 있다고 할 수 있어. 아울러 아버지 최후의 밤에 가득한 풀벌레 소리는 아버지의 죽음을 둘러싼 비극성을 최대한 고조시켜 주지.

명호야.
앞에서 소개한 시는 고향이 아닌 낯선 땅 아라사(러시아)에서 맞는 아버지의 급작스러운 죽음을 통해 당대 유랑민의 삶을 전형적으로 그려낸다. 이 시가 씌어진 1930년대는 일제에 의한 수탈이 극심했던 시기였어. 일제의 수탈과 강제 징용을 피해 고향을 등지고 해외로 떠나는 일이 빈번히 일어났던 때였어. 만주와 일본, 사할린, 연해주, 러시아 등이 대표적이라고 할 수 있지. 이 시에 등장하는 가족 역시 그러한 시대의 유랑민이라고 볼 수 있다. 이 시에 나타나는 "노령露領, 아무을만灣, 니코리스크" 같은 러시아 지명을 통해 시의 화자가 현재 러시아에 있음을 알 수 있지.

나는 예전에 외할머니의 죽음을 목격한 적이 있다. 객지 생활하던 나는 그날따라 마침 시골집에 가 있었고, 외갓집에서 곡소리가 터져 나오자 눈시울이 붉은 어머니께서 황망한 표정으로 외할머니께서 돌아가셨다고 했어. 나는 외갓집에 올라가 그야말로 시골에서 구식으로 치르는 장례 전 과정을 지켜보았다. 그때 떠올린 시가 위 소개 시였어. 대신 외할머니 죽음에 가득 찬 것은 풀벌레 소리가 아닌 '흙냄새'였다. 다른 사람은 몰라도 나는 외할머니를 염습殮襲할 때 유난히 외할머니 몸에서 흙냄새가 난다고 생각했다. 평생 땅만 판 할머니 몸에 밴, 오래도록 비가 내리지 않은 마당에 소나기 한 줄금 쏟아졌을 때 나는 그런 냄새였지.

이용악의 시와 내가 외할머니의 죽음에서 느낀 것은 물론 다르다. 그러나 그럼에도 나 역시 "우리는 머리맡에 엎디어 / 있는 대로의 울음을 다아 울었다"와 같은 슬픔을 외할머니의 죽음에서 느꼈어. 여든네 살의 삶을 평생 농사꾼으로, 그리고 우리 어머니를 낳아준 어머니로 살다 가신 외할머니. 나는 외할머니 몸에서 나던 흙냄새를 통해 내 존재의 뿌리를 다시 느낄 수 있었단다.

암흑 속의 등불

＊

슬픈 족속族屬

　　　　　　　　윤동주

흰 수건이 검은 머리를 두르고
흰 고무신이 거친 발에 걸리우다.

흰 저고리 치마가 슬픈 몸집을 가리고
흰 띠가 가는 허리를 질끈 동이다.

명호야.

윤동주(1917~1945) 시인은 우리나라 사람들이 가장 좋아하는 시인이라고 해. 그의 대표시인 「서시」는 모르는 사람이 없을 정도로 인구에 회자膾炙돼. 그래서인지 나도 윤동주 시인의 시를 가장 많이 접했단다. 어느 땐 시집을 처음부터 정독하지 않고 여기저기를 들추며 띄엄띄엄 읽기도 하였지. 아마 이 시를 처음 만난 것도 그렇게 읽을 때였을 거야. 윤동주의 대표시에서는 조금 멀리 있는 이 시가 내 눈에 들어왔을 때 나는 가슴이 철렁 내려앉았어. 보통 시를 읽을 때 먼저 제목을 읽고 내용을 보는데, 이 시는 시가 먼저 읽히고 나중에 시의 제목이 눈에 들어왔어. 그런데 제목이 '슬픈 족속'이야. '족속'이라니. 요즘엔 많이 쓰지 않는 이 말이 이 시의 전체 분위기를 그물코처럼 틀어 쥐고 있지.

윤동주 시인이 이 시를 쓴 것은 1938년 9월이야. 용정에 있는 광명학원 중학부를 졸업하고 1938년(22세) 연희 전문학교 문과에 입학하는데, 그해 9월에 쓴 것이야. 그는 이 시기 국내외 많은 문인들의 작품에 심취해 있었어. 국내 시인으로 정지용, 김영랑, 백석 등에 심취해 있었고, 외국 시인으로 폴 발레리*, 프랑시스 잠*, 라이너 마리아 릴케* 등에 몰두해 있었어. 그는 1941년(25세)에 연희

전문학교 졸업 기념으로 자선 시집 『하늘과 바람과 별과 시』의 육필 원고 3부를 만들어 77부 한정판으로 출간하려 했어. 그러나 이 시기는 일제의 폭정이 극에 달해 소위 대동아 전쟁의 확대와 강제 징용, 징병, 학도병 징집, 국문 철폐, 일본식 창씨개명 등을 겪으며 우리 민족의 운명이 바야흐로 마지막 순간을 향해 치달아가고 있었어.

결국 그는 시집 출간의 꿈을 이루지 못하고, 이 시집을 당시 연희전문 영문과 교수였던 이양하 선생과 자신의 후배였던 정병욱에게 한 부씩 주고 한 부는 자기가 갖는다. 이 세 부 중 정병욱 씨가 보관하고 있던 한 부가 광복 후 1948년, 정지용의 서문에 유고시 열두 편이 더해져 정음사에서 간행돼. 내가 이 글에서 시집 발행 과정을 자세히 이야기하는 것은 만일 그때 후배인 정병욱에게 준 원고마저 사라졌다면 오늘날 윤동주 시집 『하늘과 바람과 별과 시』는 우리에게 없을 것이기 때문이야.

윤동주는 연희 전문학교 졸업 후 일본으로 건너가 릿교대학 영문과에 입학한다. 그리고 이듬해 1943년(27세) 7월, 고종사촌 송

폴 발레리 : 프랑스의 상징주의 시인.
프랑시스 잠 : 프랑스의 시인.
라이너 마리아 릴케 : 프라하 출신의 오스트리아 문학가, 『말테의 수기』가 있음.

몽규와 함께 귀국길에 오르기 직전 사상범으로 체포되어 구금돼. 그후 그는 2년, 송몽규는 2년 6개월을 언도받고 후쿠오카 형무소에 수감되어 생체실험을 당하는 등 수형 생활을 하다가, 조국 광복을 불과 5개월 남겨 놓은 1945년 2월 16일 스물아홉의 나이로 옥사해.

명호야, 한번 생각해 보렴. 민족의 운명이 바람 앞에 등불일 때, 그 캄캄한 암흑의 시기인 1940년대 민족 시인 윤동주가 없었다면 우리 역사는 그야말로 얼마나 암흑천지일지. 이 시기 윤동주와 이육사(1944년 사망)라는 시대의 등불마저 없었다면 우리의 절망은 얼마나 깊었을지.

이 시에는 시의 화자조차 겉으로 드러나 있지 않아. 시의 공간도 배경도 역사적 흔적을 찾아볼 수 있는 단어 하나 없지만 '슬픈 족속'은 우리 '한민족'임을 떠올리게 해. "흰 수건", "흰 저고리 치마"라는 말을 통해 인식이 확장되어 그렇게 유추할 수 있지.

'족속'이란 사전적 의미로 어떤 부류의 사람들을 '부정적'으로 이르는 말이야. 그러니까 슬픈 족속은 슬픈 사람들이라는 뜻인데 시가 나타내는 바로 볼 때 우리 민족, 다시 말해 일제 하 온갖 수탈과 억압을 당하는 우리 민족을 뜻한다고 볼 수 있지. 그런데 사전적 의미처럼 족속이란 말에서 '부정적'인 느낌이 드는 게 아니라 오히려 그 말에서 우리는 슬픔과 연민을 느낄 수 있다. 이는 아마도 식민지 상황에 대한 그의 현실 인식과, 그 가운데 놓인 자신과 민족에 대한 성찰에서 기인하는 것으로 보인다. 그리고 이 시는 전체적인 구조가 흰색과 검은색의 대조로 이루어져 그를 통해 일제 하 우리 민족의 삶을 간명하게 드러내고 있지. "거친 발"과 "가는 허리", "슬픈 몸집"을 제시함으로써 평범한 삶의 단면에서 시대의 아픔을 이끌어 내기도 해.

명호야.

우리는 이 시를 읽으며 그밖에 우리의 눈길을 사로잡는 것이 있다. "걸리우다", "가리고", "질끈 동이다" 같은 말들이야. 먼저 "흰 고무신이 거친 발에 걸리우다"를 살펴보자. "걸리우다"는 '걸리다'의 피동형이야. '걸리어 있다'라는 의미이지. 보통은 흰 고무신을 발에 걸친다(신는다)로 해야 어법에 맞아. 그런데 문장의 주어가 흰 고무신이고 주어가 발에 "걸리어" 있어. 이 말이 주는 어감은 아주 독특한데, 신발을 발에 걸친 듯 만 듯, 언제라도 신발이 벗겨져 맨발이 되는 듯한 느낌을 준다. 그러면서 이 말은 앞의 "거친"이란 말과 호응해 신발도 제대로 신지 못한 채 헐벗고 가난하고 굶주린 우리 민족의 슬픈 정황을 드러내지.

"흰 저고리 치마가 슬픈 몸집을 가리고"에서의 "가리고"도 그러하다. 흰 저고리와 치마로 몸집을 가렸다는 것은 몸집이 드러나지 않도록 되는 대로 입었다는 것이지. 변변한 옷차림을 한 게 아니라 몸뚱이나 겨우 가릴 정도의 입성을 나타내 준다. "흰 띠가 가는 허리를 질끈 동이다"에서도 그같은 느낌을 가질 수 있어. "가는 허리"라는 말에서 우리는 먹을 것을 제대로 먹지 못해 처참하게 마른 상태임을 알 수 있지. 너무 말라서 보는 이에게 슬픔을 느끼게 할 정도야. 나라를 잃고 떠돌며 거친 일을 하면서도 먹지 못해 깡마른 몸집을 한 이들이 바로 '슬픈 족속'인 우리 민족인 것이다. 그러한 슬픈 족속들이 모두 "흰 수건"을 쓰고, "흰 고무신"을 걸치고, "흰 저고리 치마"로 몸을 되는 대로 가리고, "흰 띠로 허리를 질끈 동인" 것으로 보아, 족속 전체가 현재 상중(喪中)임을 알 수 있다.

그러나 시인은 "슬픈 족속"들이 슬픔에만 머물러 있지는 않다는 것을 말하고 있다. 그것을 나타내는 구절이 "흰 띠가 가는 허리를 질끈 동이다"야. '질끈'은 무슨 일을 하기 위해 힘을 주는 동작을 의미하지. "가는 허리를 질끈 동이"는 것은 어떤 일을 하기 전 힘을 내기 위해 취하는 동작이야. 이는 곧 나라를 잃은 슬픈 상황에서도 이 상황을 극복하기 위해 민족 전체가 '질끈' 힘을 내는 모습이라고 볼 수 있어.

명호야.
윤동주 시인의 시 세계를 이루는 것은 자아 성찰과 부끄러움, 그리고 어린 아이 같은 순수함이라고 할 수 있어. 그의 자아 성찰은 지나칠 정도로 엄격하고 준열하다. 시 「참회록」이나 「쉽게 씌어진 시」같은 작품을 보면 한 치의 허위나 빈틈도 허락하지 않아. 그 결과 갖게 되는 것이 부끄러움과 죄의식인데, "하늘을 우러러 / 한 점 부끄럼이 없기를" 소망하는 그의 윤리의식은 그 자신의 자아성찰을 극점極點에까지 몰아부침과 동시에, 그의 시를 읽는 나도 그러한 삶을 조금이나마 따라 살도록 하는 내 삶의 준거점이 되기도 하였다.

한편 이같은 준열함과는 대조적으로 그는 맑고 순수한 동심을 바탕으로 여러 편의 동시童詩를 쓰기도 했어. 국어 교과서에도 실렸던 그의 동시「굴뚝」을 읽으며, 시인의 순수한 마음에 다가가 보자.

굴뚝

윤동주

산골짜기 오막살이 낮은 굴뚝엔
몽긔몽긔 웬 내굴* 대낮에 솟나

감자를 굽는 게지, 총각 애들이
깜박깜박 검은 눈이 모여 앉아서
입술이 꺼멓게 숯을 바르고,
옛이야기 한 커리에 감자 하나씩

산골짜기 오막살이 낮은 굴뚝엔
살랑살랑 솟아나네 감자 굽는 내.

내굴 : 연기

겨울은 강철로 된 무지개

절정

이육사

매운 계절의 채찍에 갈겨
마침내 북방으로 휩쓸려오다.

하늘도 그만 지쳐 끝난 고원
서릿발 칼날진 그 위에 서다.

어데다 무릎을 꿇어야 하나
한 발 재겨 디딜 곳조차 없다.

이러매 눈 감아 생각해 볼밖에
겨울은 강철로 된 무지갠가 보다.

사십 평생에 열일곱 차례에 걸친 체포와 투옥. 대구 형무소에
수감되었을 때의 죄수 번호 264번을 따서 '이육사李陸史'라는 호를
지은 사람. 그가 평생에 걸쳐 남긴 시는 서른일곱 편. 암담한 식민
지 시대의 절망 속에서 그것을 초극하려는 의지를 남성적 어조로
노래한 사람. 명호야, 그가 바로 시인 이육사(1904~1944)야.

우선 그의 일대기를 간략히 살펴보자. 그는 1904년 경북 안동에서
태어났어. 본명은 원록. 1932년(28세)에 중국 난징에서 의열단 군사
간부 교육을 받고, 1933년 7월 국내에 잠입하여 항일 활동을 펼치던
중 '육사陸史'라는 필명으로는 처음으로 잡지 『신조선』에 시 「황혼」
을 발표했다. 1937년에 신석초, 윤곤강, 김광균 등과 함께 동인지
『자오선』을 발간하고, 대표작 「청포도」, 「교목」 등 상징적이고 서
정성이 풍부한 시를 발표했어. 이어서 1941년까지 「절정」, 「광인
의 태양」 등 많은 작품을 문예지에 게재했지. 시인 정한모는 당시

이육사의 시에 대해 이렇게 상찬했단다.

그에 의하면 시는 행동이며 진정한 의미의 참여라고 한다. 그는 식민지적 압력에 대항하고 빼앗긴 조국을 되찾기 위하여 대륙을 전전하며 숱한 고난과 역경을 체험하였다. 이러한 역경과 인고의 극복 노력은 기다림의 철학과 초인 의지로 승화된다. 온몸을 내던진 헌신적 투쟁의 수형受刑 의식으로 일제에 저항하여, 그러한 인고와 생명의 절정에서 끝없는 기다림과 초인에 대한 열망을 시로 형상화함으로써 보다 진정한 저항방식을 보여 준 것이다.

1943년 4월, 그는 충칭과 옌안에 가서 무기를 들여와 일제와 싸우고자 하였다. 그러나 7월 초 어머니와 형의 상을 치르기 위해 일시 귀국했다가 동대문 경찰서 형사들에게 체포되었어. 며칠 후 베이징으로 압송된 그는 현지의 일본 영사관 감옥에서 갖은 고문에 시달리다 세상을 떠났지. 그 후 그의 유해는 의열단 단원이자 친척이었던 이병희가 수습하여 화장했고, 연락을 받은 동생 이원창이 유골을 서울로 가져와 미아리 공동묘지에 안장했어. 1960년에 그의 유해는 고향 원촌의 뒷산으로 이장되었단다.

위 소개 시는 1940년 『문장』 1월호에 발표되었어. 이 시는 일제 강점기 민족 수난을 주제로 한 시 가운데 「광야」, 「청포도」 등과 함께 가장 뛰어난 그의 대표시로 평가받고 있다. 4연으로 구성

된 이 시는 기승전결의 한시漢詩 구조를 갖추고 있고, 1~2연에서는 시의 화자가 처한 극한 상황이 표현되고 있어. 일제 강점기 식민지 지배를 암시하는 "매운 계절의 채찍"에 갈겨 북방의 끝까지 쫓겨와, "하늘도 그만 지쳐 끝난 고원 / 서릿발 칼날진 그 위에 서"게 된다. 이러한 극한 상황에서 3연에서는 무릎이라도 꿇어 도움을 청하고 싶지만 한 발 옆으로 비껴 서는 것("재겨 딛을")조차 허락되지 않는 상황에 처하고, 그리하여 4연에서는 생각을 달리해 이 난국을 헤쳐나갈 방법을 찾은 결과, "겨울은 강철로 된 무지개"라는 역설적 표현을 통해, 그가 처한 극한 현실에 결코 굴하지 않는 의지를 보여 준다.

명호야.
이 시가 발표된 1940년은 일제의 식민지 통치가 가장 가혹하던 암흑기였다. 국내의 합법적인 민족운동은 거의 불가능하였고, 해외의 독립운동도 간신히 그 명맥만 유지할 뿐이었어. 그런 상황에서 민족 말살이라는 극한적 위기 상황이 이 시의 배경을 이루고 있지. 따라서 이 시에서 이육사는 그러한 위기 상황을 간결하고 예리한 심상으로 형상화하고 있으며, 이를 초극하려는 의지를 '강철로 된 무지개'라는 강렬한 상징으로 드러내고 있다.

1연에서의 수평적 공간, 2연에서의 수직적 공간 상황을 거쳐 3연에서 화자의 심리 상태가 드러나고, 4년에서 극한 상황을 초극하려는 의지 표현으로 이 시는 전개돼. 불과 2행 4연의 짧은 시에서 "북방 – 고원 – 서릿발 칼날진 위"로 시상이 옮겨가, 화자가 처한 극한 상황을 점층적으로 드러내고 있으며, 화자의 절박성을 고조시킨다. 이렇게 죽음을 초월한 저항 정신과 시를 통한 진정한 현실 참여를 보여 주는 이육사의 시는, 일제 말 윤동주의 시와 함께 암흑기 우리 민족의 어둠을 밀어 내는 등불이 아닐 수 없다.

나는 이 시를 해직되었을 때 매일 암송하며 다닌 적이 있어. 군부 독재 권력의 탄압이 한치 앞을 내다보기 어려울 때 나는 이육사의 시 「절정」의 한 구절 "한 발 재겨 디딜 곳조차 없다"를 그렇게 되뇌었던 거야. 그만큼 1980년대 독재권력은 우리들에게 그야말로 한 발 내딛기조차 어려울 정도로 숨통을 조여 왔다. 그런 엄혹한 상황에서도 "겨울은 강철로 된 무지개"라는 구절을 입안에 경단 굴리듯 떠올리며, 희망을 잃지 않고 버텼다.

지금 눈 나리고
매화 향기 홀로 아득하니
내 여기 가난한 노래의 씨를 뿌려라

예전 국어 교과서에도 실렸던 그의 대표시 「광야」의 한 구절이야. 이육사는 독립 운동가이면서 시인이었고, 어떤 상황에서도 꺾이지 않는 견결한 저항 정신의 표상이었다. 그럼에도 그는 섬세한 서정을 바탕으로 눈 내리는 이 땅에 "가난한 노래의 씨를 뿌"린 사람이었지. 일제의 마지막 숨통이 절명을 앞둔 거대한 짐승처럼 헐떡이던 1940년대, 민족이라는 이름으로 그 어떤 일도 할 수 없었던 가혹한 그 시절에, 시인 윤동주와 이육사는 시라는 횃불로 민족이 처한 천 겹의 어둠을 몰아 냈던 거야.

앞서 소개한 시와 같이 극한의 상황에서도 강인한 생명력과 의지를 노래한 그의 시 가운데 「꽃」이란 작품이 있어. 그의 다른 시처럼 이 시에서도 우리는 남성적이고 단호한 어조의 궁극적 희망을 느낄 수 있다.

꽃

이육사

동방은 하늘도 다 끝나고
비 한방울 나리잖는 그 땅에도
오히려 꽃은 빨갛게 피지 않는가
내 목숨을 꾸며 쉬임없는 날이여

북쪽 「툰드라」에도 찬 새벽은
눈 속 깊이 꽃 맹아리가 옴작거려
제비떼 까맣게 날라오길 기다리나니
마침내 저버리지 못할 약속이여!

한바다 복판 용솟음치는 곳
바람결 따라 타오르는 꽃 성에는
나비처럼 취하는 회상의 무리들아
오늘 내 여기서 너를 불러 보노라

2부 내 친구의 집은 어디인가

내 친구의 집은 어디인가

윤사월

박목월

송화松花가루 날리는
외딴 봉우리

윤사월 해 길다
꾀꼬리 울면

산지기 외딴집
눈먼 처녀사

문설주에 기대고
엿듣고 있다.

명호야.

윤사월閏四月은 흔히 윤달이라고도 해. 일 년에 음력 사월이 두 번 끼어 있는 해를 말해. 양력으로 1년은 365일이고, 음력으로는 354일이어서 일 년에 약 11일 차이가 나거든. 그 차이를 삼 년에 한 번 혹은 팔 년에 세 번 윤달을 두어 양력과 음력의 날짜를 맞춰. 윤달이 든 해에는 양력은 그대로 가면서 음력 사월만 두 번 끼어 윤사월은 늦봄인 양력 오륙월에 해당한다. 옛 어른들 말에 의하면 "윤달에는 송장을 거꾸로 세워도 탈이 안 난다"라고 하여, 묘지 이장 같은 평소 꺼려하던 일을 윤달이 든 해에 집중적으로 많이 처리했어. 윤달에는 세상의 모든 잡귀신이 쉬기 때문에 마음 놓고 그런 일을 해도 된다는 속설이 있어서였지.

이 시의 시간적 배경은 윤사월, 그러니까 늦봄에서 초여름인 5~6월쯤이야. 공간적 배경은 깊은 산골의 외딴집이고('외딴'이란 말이 두 번이나 나온다), 작중 인물은 "눈먼 처녀"야. 따라서 이 시의 화자는 그 눈 먼 처녀를 바라보는 어떤 이, 아마도 시인 자신일 텐데, 작중 인물을 전면에 내세우고 화자는 뒤에 숨어 있어, 마치 3인칭 관찰자 시점으로 된 한 편의 단편소설을 보는 듯하지.

흔히 한시에서 많이 쓰인다는 선경후정先景後情으로 짜여져 있으며, 그에 따라 이 시는 마치 영화의 첫 부분처럼 원경 '외딴 봉우리'에서 근경 '외딴집'으로 시선이 이동하게 돼.

노란 송홧가루가 날리는 윤사월 어느 늦은 봄날 꾀꼬리가 울고 있다. 고요하고 한가롭기만 한 산속 풍경에 싱그러운 생명의 약동이 느껴지지. 그런데 여기서 우리는 다음과 같은 장면을 상상해 볼 수 있을 거야. 그 산속 외딴집에는 눈 먼 처녀가 살고 있어. 그 처녀는 남의 산을 맡아 관리하는 '산지기'인 아버지와 단둘이 사는데, 아버지는 지금 집에 없고, 처녀 혼자 방에 있다가 밖에서 꾀꼬리 우는 소리를 듣고 일어나, 더듬더듬 벽을 더듬어 문설주에 서서 바깥소리를 엿듣고 있어. 그렇게 본다면 여기서 꾀꼬리 울음소리는 눈먼 처녀와 밖의 세계를 이어 주는 매개 역할을 하고 있음을 쉽게 알 수 있지.

이 시는 전체적으로 7·5조를 바탕으로 3음보로 되어 있어 민요적이고 향토적이며, 시각적 청각적 표현의 이미지가 두드러져 한 폭의 동양화나 수채화를 보는 듯한 느낌을 가져다준다. 게다가 시인의 시어를 선택함에 고심한 흔적을 엿볼 수 있는데, 바로 "눈 먼 처녀사" 할 때의 조사 '사' 같은 말이야. 만일 이 '사'를 주격을 나타내는 다른 조사를 썼다면 이 시 전체에 담겨 있는 눈먼 처녀의 바깥세상에 대한 동경과 애틋한 그리움의 정서는 한꺼번에 무너져 맹탕이 되었을 거야. 시에는 이렇듯 조사 하나, 시어 한 글자까지 절대 다른 말로 바꿀 수 없는 언어의 무게를 지닌 낱말이 있어.

이 시를 쓴 박목월(1915-1978, 본명은 박영종)은 박두진 조지훈과 함께 '청록파' 시인으로 1946년 『청록집』을 발간했다. 향토적 서정을 민요조의 가락에 담담하게 담아, 「나그네」, 「산도화」, 「청노루」 같은 대표작들을 남겼지. 「향수」의 시인 정지용은 자연과의 교감을 바탕으로 전통적 율조를 살려 쓴 박목월 시인을 "북에는 소월이 있다면 남에는 목월이 있다."는 말로 그의 문학적 재능을 기리기도 했어.

명호야.
어려서 내 친구 중에 조인행이라는 아이가 있었단다. 서울로 전학 가기 전 시골에서 초등학교 다닐 때의 친구였어. 내가 살던 마을을 중심으로 주변에 흩어져 있던 여러 마을을 돌보 열두매기라고 했는데, 인행이는 그 어디에서도 살지 않고 산 너머 먼 외딴집에 살았다. 나는 인행이네 집에 한 번도 가 보지 못했어. 어린 내가 산을 넘어 그 어딘가에 있다는 인행이네 집에까지 갈 엄두가 나지 않았지. 다만 어머니나 아버지께서 나무를 하러 갔다가 인행이네 집 근처까지 갔다 왔다는 말을 몇 차례 들었을 뿐이야. 그만큼 인행이네는 동네에서 멀었다.

그런데 그 먼 길을 인행이는 걸어서 학교에 다녔어. 마을로 이어진 들길을 한참 걸어 그 들길이 끝나는 곳에서 산길이 이어졌는데, 또 그 산을 올라 고개 너머 어딘가에 있다는 집에까지 인행이는 늘 걸어 다녔다. 그러니 자연 인행이는 학교에서 왕따였지. 학교 근처에 사는 아이들의 텃세가 심해 인행이는 많은 괴롭힘을 당했다. 그런데도 희한한 것은 덩치도 작지 않고 공부도 잘해 아이들 괴롭힘을 스스로 방어할 수 있었음에도 인행이는 그러지 않았어. 괴롭히거나 심지어 때리는 아이까지 그저 물끄러미 바라볼 뿐이었다. 턱에 힘을 꽉 주어 입술을 한일자로 굳게 다문 채 인행이는 괴롭히는 아이를 오히려 안됐다는 듯이 측은한 눈길로 바라보았어.

조인행. 지금도 보고 싶은 친구. 그러나 나는 그 후 서울로 전학가 지금까지 인행이를 보지 못했다. 오래전에 어머니 살아계실 때혹 인행이 소식을 알고 계신가 하여 여쭤본 적이 있었지만, 어머니도 전혀 아시는 바가 없었다.
이 시 「윤사월」을 읽거나 노래를 부르면 바로 인행이 생각이 난다. 인행이 가족이 어떻게 되고 그 아이 집이 산속 어디에 있는지 몰랐지만, 아마도 이 시에 나오는 공간과 거의 같았을 것이란 생각이 든다. 인행이네 집 마루에도 봄이면 바람에 날린 송홧가루가 노랗게 쌓였을 테고, 햇빛 가득 내려앉은 마당에 꾀꼬리가 날아와 울었겠지.

나는 지금도 인행이가 보고 싶고, 또 보게 되면 그것을 물어보고 싶다. 그때 초등학교 다닐 때 왜 아이들이 괴롭혔는데도 가만히 쳐다보기만 했냐고. 그 후 그가 어떻게 살았고, 지금은 어떤 마음으로 세상을 살아가느냐고 물어보고 싶다. 그럼 아마도 인행이는 입술을 한일자로 꾹 다물고 예전처럼 말없이 나를 바라볼지 모른다.

그리운 이는 곁에 없고

망향

박화목

꽃 피는 봄 사월 돌아오면
이 마음은 푸른 산 저 넘어
그 어느 산 모퉁길에
어여쁜 님 날 기다리는 듯
철 따라 핀 진달래 산을 덮고

먼 부엉이 울음 끊이잖는
나의 옛 고향은 그 어디런가
나의 사랑은 그 어디멘가
날 사랑한다고 말해 주렴아 그대여
내 맘속에 사는 이 그대여
그대가 있길래 봄도 있고
아득한 고향도 정들 곳일레라

『우리교육』이라는 교육잡지가 있다. 2017년 여름호에 '교육열전' 란을 마련하여 정영상 선생님을 특집으로 다루었다. 정영상 선생님은 시인이자 미술 교사로 안동 복주여중에 근무하던 중 1989년 전교조 결성으로 해직되어, 충북 단양에서 해직 교사로 활동하던 중 서른여덟 살의 젊은 나이에 심장 마비로 세상을 떠났다. 그를 아는 사람들은 그를 "물 같고 불 같고 바람" 같다고 말한다. 물 같다는 것은 그의 성정이 그만큼 맑고 순수했다는 것이고, 불 같다는 것은 억압과 탄압에 맞서기를 불처럼 뜨겁게 했다는 것이며, 바람 같다는 것은 그의 평소 행적, 특히 서른여덟 살의 젊은 나이에 바람처럼 홀연히 세상을 떠난 것에 대해 하는 말이다.

체육 시간이라 급한 김에 그만 누가 수도꼭지 잠그는 걸

잊어버리고 뛰어나갔을까. 안동 복주여중에서 수돗물

떨어지는 소리 죽령 너머 단양의 내 방에까지 들려온다

-「환청」 전문

명호야.

어떠니? 위 시를 읽어 본 소감이? 해직되어 떠나온 학교에 대한 그리움을 표현한 시야. 그리움이 얼마나 깊었으면 지금 머물고 있는 단양에서 죽령 너머 멀리 떨어져 있는 안동의 복주여중 수도물 소리가 들린다고 했겠니? 그만큼 그는 국가 폭력에 의해 학교를 떠났는데도 아이들을 사랑했고, 헤어진 아이들을 진정으로 그리워했다. 그렇게 다정 다감했던 사람이 그러나 불의에 맞설 때는 불처럼 뜨겁게 타올랐지.

팔이 꺾이고 멱살을 잡힌 채 강제로 소지품 조사를 당하거나 지문을 찍게 하여 신원을 파악해 내는 폭력 수사가 진행될 때였다. 지문 찍히기를 거부하던 정영상 선생은 자기 엄지손가락을 입으로 물어 뜯어 버렸다. 피를 흘리는 정 선생의 모습을 보던 경찰들은 기겁을 하여 뒤로 물러서고 말았다. 그 때문에 마지막 석방 협상 과정에서도 경찰은 정 선생만은 석방시킬 수 없다고 주장했다. 정영상은 그런 사람이었다.

경찰에 연행되었을 때 지문 채취를 거부하기 위해 엄지손가락을 물어뜯었던 일을 시인 도종환은 정영상 선생의 유고 시집 『물인 듯 불인 듯 바람인듯』에서 이같이 말하고 있다. 자신의 온 존재를 걸고 불의에 맞섰던 불 같았던 사람. 이처럼 뜨겁게 타올랐던 그의 분노와 열정은 실은 한 점 티끌도 없이 맑고 순수한 마음에서 솟아나온 것임을 우리는 시 「환청」에서 확인할 수 있다.

나는 정영상 시인을 대학 문학 동아리인 '율문학회'에서 만났다. 군복무를 마치고 미술과 복학생이 된 정 선생님이 문학회에 나온 거야. 그는 키가 훤칠했고 늘 입가에 부끄러운 듯한 미소를 머금었으며 긴 머리를 손으로 쓸어올렸다. 나는 그를 '정형'이라 불렀다. 우린 처음 보는 순간 의기투합했으며 그 이후 술과 시와 노래로 대학 생활을 함께했다. 그 시절 우린 그야말로 안하무인에 독야청청 파란만장이었지. 특히 무엇보다 시에 있어서는 그러했다. 우린 밥은 안 먹어도 술은 마셨으며 그러면서 시를 쓰고 목청을 돋워 이야기했어. 아 그 시절 공주의 순두부집, 개미집, 상록원, 어부집, 그리고 금강가, 곰나루 솔밭 길을 어찌 잊을 수 있겠니?

그런 정영상이 술만 취했다 하면 부르는 노래가 있었으니 그게 바로 박화목 작사 채동선 작곡의 가곡 「망향」이었어. 술 마시다 누가 시키지 않았는데도 그는 벌떡 일어나 그 큰 키에 대춧빛으로 붉어진 얼굴로 수탉처럼 목을 위로 쭉 뺀 채 이 노래를 부르면, 우리도 저마다 따라부르며 노랫말 속 "아득한 고향"을 더듬다 나오는 것이었지. 그렇게 한 곡조 부른 후 그는 몹시 미안하다는 듯 예의 그 부끄러운 미소를 입에 물며 자리에 앉곤 하였어.

그렇게 해서 알게 된 이 시(노래)는 곧 나의 애창곡이 되었단다. 잔잔하고 느린 선율에 망향의 서러움과 간곡한 그리움을 담고 있는 이 노래 가운데 나는 특히 "그 어느 산 모퉁길에 / 어여쁜 님 날 기다리는 듯" 이 부분이 좋았다. 아, 그리고 "철 따라 핀 진달래 산을 덮고 / 먼 부엉이 울음 끊이잖는" 이 부분은 또 어떤가. 진달래 꽃이라는 시각을 부엉이 울음으로 청각화 하여 아득한 고향의 정취를 살려 내는 이 부분은 "내 맘 속에 사는 이 그대"가 있는 고향, 아득하지만 그대가 있길래 정을 들일 수 있는 고향으로 내 마음에 남았다. 나는 이 노래를 "꽃 피는 봄 사월"인 봄에도 부르고, 눈 내린 한겨울에도 봄을 기다리며 부르고, 대학 졸업 후 출퇴근길 차 안에서도 정영상 시인을 그리워하며 불렀다. 그렇게 내가 좋아한 「망향」은 한 마디로 정영상의 노래였지.

누가 그랬던가. 사람은 가고 노래만 남았다고. 노래의 주인공 정영상 시인을 다시 볼 수 없어 나는 그에 대한 그리움을 이렇게 노래로나마 달랜단다. 껑충하던 그의 모습, 부끄러운 듯 슬핏 미소짓던 얼굴, 진저리치며 땅 소리가 나도록 탁자에 내려놓던 소줏잔, 시에서만은 그 누구에게도 지지 않을 거라는 날카로운 자존심. 그리고 실제로 그가 만약 살아서 시를 계속 썼다면, 그는 어느 누구보다 좋은 시를 많이 썼을 것으로 나는 확신한다.

명호야.

봄을 계절적 배경으로 고향을 그리는 마음을 담은 이 시는 아름답고 격조가 높은 울림으로 읽는 이의 마음을 적신다. 잃어진 고향의 정서에 사랑하는 임에 대한 그리움을 얹어 아득한 울림을 가져다 주는 이 시는 읽는 이의 마음을 전율하게 해. 시의 첫행 "꽃 피는 봄 사월 돌아오면"을 조용히 입술로 읊조리면 벌써 마음에는 화사한 아지랑이가 피어오르고, 파란 봄하늘이 펼쳐지며, 저편 푸른 산과 진달래꽃 산 모퉁이 길이 아련히 펼쳐지지. 그 모퉁이 길은 어떤 곳인가? 바로 그리움의 저편 절절한 사랑으로 남은 어여쁜 님이 나를 기다리던 곳이 아닌가. 그러나 그 님은 지금 내 곁에 없다. 봄날의 아지랑이와 같은 상실의 존재로 내 눈앞에 하늘거릴 뿐이야. 그 님은 지금은 갈 수 없는 고향과 같이, 그러나 그 님이 있기에 비로소 존재하는 고향과 같이, 우리를 아득하고 낙차 큰 그리움의 세계로 이끌어간다.

명호야.

가곡 「망향」은 원래 일제 강점기인 1933년에 작곡가 채동선이 정지용의 시 「고향」에 곡을 붙여 만들었어. 그러던 것이 정지용 시인이 6·25 때 북으로 가면서 월북 문인이 되어 그의 시가 노래에 쓰일 수 없게 되자, 원래 그 곡에 시인이자 아동 문학가인 박화목 선생이 쓴 시 「망향」을 가사로 붙여 개사하여 노래하게 되었다. 그리고 그 후 채동선의 유족들이 시조시인 이은상에게 「그리움」이라는 가사를 받아, 같은 곡에 붙여 노래하게 되었어. 그러니까 이 노래는 하나의 곡에 세 가지 가사가 있어 불리고 있는데, 정영상 시인이나 나는 그 가운데 박화목의 시에 붙인 가곡 「망향」을 가장 좋아하는 거야.

그럼 여기서 가곡 「망향」의 처음 가사로 쓰인 정지용의 시 「고향」과, 그 후에 가사로 쓰인 이은상의 「그리워」를 소개할게. 고향을 그리워하는 같은 마음이 서로 다르게 표현된 작품을 감상해 보렴.

고향

정지용

고향에 고향에 돌아와도
그리던 고향은 아니러뇨,
산꿩이 알을 품고
뻐꾸기 제철에 울건만,
마음은 제 고향 지니지 않고

머언 항구港口로 떠도는 구름.
오늘도 뫼끝에 홀로 오르니
흰 점꽃이 인정스레 웃고,
어린 시절에 불던 풀피리 소리 아니나고
메마른 입술에 쓰디쓰다,

고향에 고향에 돌아와도
그리던 하늘만이 높푸르구나.

그리움

이은상

그리워 그리워 찾아와도
그리운 옛임은 아니뵈네
들국화 애처롭고 갈꽃만 바람에 날리고
마음은 어디 두고
먼 하늘만 바라본다네

눈물도 웃음도 흘러간 세월
부질없이 헤아리지 말자
그대 가슴엔 내가 내 가슴에는 그대 있어
그것만 지니고 가자꾸나

그리워 그리워 찾아와서
진종일 언덕길을 헤매다 가네

나는 누구인가

부모

김소월

낙엽이 우수수 떨어질 때,
겨울의 기나긴 밤,
어머님하고 둘이 앉아
옛이야기 들어라

나는 어쩌면 생겨 나와

이 이야기 듣는가?
묻지도 말아라, 내일 날에
내가 부모 되어서 알아보랴?

명호야.

나는 이 시를 처음 노래로 접했단다. 조사해 보니 이 시가 노래
로 만들어져 세상에 처음 선보인 때가 1968년이야. 그 무렵 나는
시골에서 초등학교를 다니다 서울로 전학 가 그곳에서 학창시절
을 보내고 있을 때였어. 그런데 그때 들었던 이 노래에 대한 기억
과 인상이 오랜 세월이 지난 지금까지도 또렷이 남아 있어. 바로
"나는 어쩌면 생겨 나와 / 이 이야기 듣는가?"라는 구절 때문이야.
차중락이라는 남자 가수의 구수하고 애수에 젖은 목소리로 "낙엽
이 우수수~ 떨~어질 때~" 하며 시작하는 이 노래는, 이 노래의
클라이맥스라 할 "나는 어쩌면 생겨 나와"에서 가장 높고 애절하
고 호소력 짙은 목소리로 내 가슴에 파고들었어.

'정말 나는 어쩌다 세상에 생겨 나오게 되었을까?'

이 노래를 들을 때마다 사춘기 내 가슴에는 나에 대한 존재론적
의문이 양파의 새순처럼 뾰족하게 올라왔어. 그러나 그 당시에는

그러한 물음에 대해 깊은 답을 구할 수 없었단다. 그냥 한 귀로 듣고 한 귀로 흘렸을 뿐. '나는 누구인가'와 같은 심각한 물음에 빠지기엔 나는 학교에 다니며 친구들과 노는 데 더 바빴다.

그러다 이 시를 노래가 아닌 그야말로 시로 다시 읽게 된 것은 1990년대 중반이었다. 내가 교사가 되어 학생들에게 김소월을 가르칠 때였지. 그때 나는 한 가지 깊은 고민에 빠졌어. 그 고민이란 이제부터 문학을 본격적으로 해야겠다는 다짐과 함께 그렇다면 무엇을 어떻게 해야 하나에 대한 것이었다. 나는 우리말 공부를 하기로 했다. 단어와 어휘가 부족하면 아무리 좋은 생각이나 느낌도 자유롭게 표현할 수 없겠다 싶어서였지. 나는 우리말 공부를 두 가지 방법으로 하기로 했다. 하나는 우리말을 잘 살려 쓴 문학 작품을 통해 하는 것이고, 다른 하나는 직접 시골에 계신 부모님 말씀을 녹음해 공부하는 것이었다. 그리하여 그때 나는 김소월, 한용운, 백석, 이용악, 정지용 같은 시인들의 시와, 민촌 이기영의 『고향』, 벽초 홍명희의 『임꺽정』 같은 소설을 읽으며, 작품에 쓰인 우리말을 그야말로 공부하듯 베껴쓰고 녹음하고 또 녹음한 것을 들으며 외웠다.

그러면서 또 틈날 때마다 부모님 말씀을 녹음했어. 젊어서 어머니 아버지 처음 중매로 만난 이야기, 결혼 후 자식 낳아 키운 이야기, 이사한 일, 농사짓는 이야기, 살림살이 이야기, 고추장 된장 담

그는 이야기, 떡하고 술 담그는 이야기, 베 짜는 이야기, 어머니 시집살이 이야기 등 그야말로 개미 콧구멍 속까지 다 녹음했다. 그때 그렇게 녹음한 분량이 카세트 테이프로 다섯 개였어.

녹음을 하려면 녹음기를 앞에 놓고 나와 어머니가 마주앉아야 했지. 그리고 부모님이 낮엔 들에 나가 일해야 하기 때문에 녹음은 밤이나 비 오는 날 해야 했다. 그렇게 마주앉아 녹음을 하다 보니 자연 이 시가 떠올랐던 거야. 김소월도 어느 겨울의 긴긴 밤에 소월의 어머니와 마주앉아 지난날의 옛이야기를 들었던 것이다. 이런 장면이 오버랩 되면서 나는 이 시로 된 노래를 콧노래로 부르며 소월이 시를 썼을 때의 상황을 되새겨 보았던 거지.

명호야.

이 시가 언제 씌어졌는지 정확하게 알 수 없지만, "묻지도 말아라, 내일 날에 / 내가 부모 되어서 알아보랴?"라는 구절로 보아, 김소월이 아직 장가가기 이전이라는 것을 짐작할 수 있겠다. 그리고 이 시를 이해하는 데 특별한 어려움은 없어. 시에 구사된 시어도 어려운 게 없고, 담고 있는 의미가 난해한 것도 아니야. 2연 8행의 짧은 구조 속에 시적 진술은 더없이 단순해. 작가 김동인이 "소월의 시는 시골 과부라도 넉넉히 이해할 것이었다"라고 말한 바 있는데, 다른 시도 그렇지만 특히 이 시에서 그의 말은 들어맞는다.

그러나 그렇다고 하여 이 시가 마냥 맹탕인 것은 아니야. 나는 이 시를 읽을 때 2연 1, 2행에 오래 눈길이 머물러 있었다. "나는 어쩌면 생겨 나와 / 이 이야기 듣는가?"

1연은 그야말로 시의 화자가 어머니로부터 옛이야기를 듣는 장면이 그려진다. 낙엽이 우수수 떨어지는 긴 겨울밤에 나는 어머니와 마주 앉아 옛날에 있었던 여러 일들에 대한 이야기를 듣는다. 그러다 갑작스런 질문을 2연에서 툭 던지지. 어머니와의 이야기에 대한 전후 맥락은 다 생략한 채 툭 던지는, 그러나 누구도 쉽사리 대답할 수 없는 질문. 그것은 자아를 의식하기 시작한 아이가 처음으로 자기 자신에게 던져 보는 그런 질문이야. 도대체 나란 무엇인가? 나라는 존재는 어떻게 이 세상에 생겨났나? 나는 지금 어디에 있으며 어디로 흘러가고 있나? 이런 웅숭 깊은 존재의 본질에 대한 질문을 이 시를 읽는 독자들도 한 번 생각해 보라는 듯이 말 그대로 툭 내던지는 것이다. 그것은 17세기 철학자 고트프리트 라이프니츠*가 한 저 원초적인 질문, '이 세상에는 왜 아무것도 없지 않고 무엇인가가 있는가?'라는 물음과도 맥이 잇닿아 있다고 볼 수 있지.

    명호야

——————

고트프리트 라이프니츠 : 독일의 수학자이자 철학자.

'넌 어떠니? 너도 이제 고등학생이면 나란 무엇인가? 나는 어쩌다 태어났는가? 내 인생은 어디로 흘러가는가?'와 같은 존재의 궁극적인 질문들과 마주하지 않겠니? 네가 시가 무엇인지 알고 싶다고 했던 것도 어쩌면 그같은 질문에 대한 답을 구하는 것이라고 볼 수 있지. 왜냐면 여러 예술 분야 가운데 오직 시만이 그런 본원적 질의에 대한 답을 향해 가는 양식이라고 볼 수 있기 때문이야.

누구에게나 '어머니'는 자기 생명의 근원이다. 생명을 받아 태어난 모든 것들은 동식물을 막론하고 어머니가 있어. 이 말은 어머니라는 생명의 근원이 없다면 존재 자체도 있을 수 없다는 말이다. 그리하여 어머니는 그리움이지. 어머니에 대한 그리움은 자기 존재의 본질에 대한 그리움이며, 끝없이 다가가지만 끝내 이르지 못하는 원초적 고향이라 할 수 있지.

때는 와요, 하지만 그때까진

좋은 언어

신동엽

외치지 마세요.
바람만 재티처럼 날려가 버려요.

조용히
될수록 당신의 자리를

아래로 낮추세요.

그리구 기다려 보세요.
모여들 와도

하거든 바닥에서부터
가슴으로 머리로
속속들이 구비돌아 적셔 보세요.

하잘 것 없는 일로 지난 날
언어들을 고되게
부려만 먹었군요.

때는 와요.
우리들이 조용히 눈으로만
이야기할 때

허지만
그때까진
좋은 언어로 이 세상을
채워야 해요.

명호야.

내가 이 시를 처음 접한 것은 대학 2학년 때였다. 그 당시 나는 서울에 있는 서라벌고등학교를 졸업하고 대학을 공주로 오게 되었는데, 처음에 나는 공주에 마음을 붙이지 못했어. 대학 1학년 때에는 그야말로 술만 퍼마시며 지냈지. 친구들과 사귀는 것도 시들하고 꿈에 부푼 대학 생활이라는 것도 전혀 매력적이지 않아서야. 그렇게 지내던 나에게 삶의 변화가 시작된 것은 대학 2학년 때부터였어. 그때부터 나는 책을 읽었다. 초등학교 때에는 궁벽한 산골이라 구경도 하지 못 한 책을, 중고등학교 때는 노는 일에 정신이 팔려 손도 대 보지 않았던 책을, 대학 2학년이 되어서야 처음으로 '독서'라는 걸 하기 시작했어. 그리고 '율문학회'라는 문학 동아리에 들어가 시를 쓰기 시작했지.

학교 도서관 책을 빌려 읽으며 내 의식에 일대 전환이 찾아왔다. 우금치 고개와 동학 농민혁명에 대해 알게 된 거야. 우금치 고개는 공주에서 부여 가는 곳에 있는 야트막한 고개인데, 그곳에 관군과 일본군에 의해 전멸당한 동학 농민군의 원혼을 달래기 위해 동학 혁명군 위령탑이 세워져 있어. 나는 책을 통해 1884년 갑오년에 일어난 동학혁명에 빠져들었고, 처음으로 이 땅의 무지렁이인 '농민'에 대해 새롭게 알게 되었지.

그때 만난 시인이 신동엽(1930-1969)이었다. 나는 그가 동학농민혁명을 소재로 하여 쓴 서사시 『금강』을 구해 읽었고, 친구들과 장시 「금강」을 등사하여(그 당시 그의 시집은 판매 금지된 서적이었다) 주위 사람들에게 돌렸다. 그러면서 서둘러 그의 다른 시를 찾아 읽었어. 「껍데기는 가라」, 「누가 하늘을 보았다 하는가」, 「종로 오가」, 「진달래 산천」, 「주린 땅의 지도원리」, 「술을 많이 마시고 잔 어젯밤은」, 「산에 언덕에」 같은 시를 베껴 쓰고, 위 소개시 「좋은 언어」를 자취방 책상 앞에 오랫동안 붙여 두기도 했었다.

신동엽 시인은 옛 백제의 고도古都인 충남 부여에서 태어났어. 1948년 전주 사범학교를 졸업하고 고향에 머물면서 차츰 한국 역사에 관심을 갖게 되어, 이듬해 단국대학교 사학과에 입학했어. 대학 졸업 후 충남과 서울에서 교사 생활을 했으며, 1959년 조선일보 신춘문예에 장시 「이야기하는 쟁기꾼의 대지」가 '석림'이라는 필명으로 입선해 문단에 나왔어. 그는 6 · 25 전쟁 이후 전통적 보수주의와 서구 지향적 모더니즘이 팽배한 한국 문단에서 역사 의식과 현실 인식을 바탕으로 민중시를 창작하는데 중요한 역할을 한 것으로 평가돼.

명호야. 네가 그의 시를 더 찾아서 읽어 봐. 그러면 그의 시는 원초적 생명 의지에 대한 강렬한 염원을 소박한 토속성의 정서로 표현하고 있음을 알게 될 거야. 진실한 인간성 본원의 회복을 갈

망한 초기 시들은 4·19 혁명 이후 보다 현실화 되어, 남북 분단과 민족 주체성에 대한 염원으로 구체화 돼. 다시 말해 외세에 의한 분단과 분단국가에서 살아가는 노동자 농민에 대한 연민의 발로 는 시 「껍데기는 가라」와 같은 민족 주체성의 외침으로 터져 나오 지. 결국 그의 역사의식과 현실인식은 갑오 농민전쟁을 주제로 한 서사시 「금강」으로 형상화 돼. 서사시 「금강」은 봉건사회 수탈 대 상이던 농민들이 역사의 주체로 우뚝 일어서 외세와 지배자들에 게 민족 주체성을 되찾기 위해 저항한다는 점에서, 4·19 혁명과 의 역사적 맥락을 통합시키고 있다고 할 수 있지.

위 시는 시인의 유작시로 1970년 4월 『사상계』* 4월호에 발표되 었다. 신동엽 시인은 1950년에 일어난 6·25 한국전쟁 이후 1960 년대에 많은 시를 쓰고 발표했어. 시 「좋은 언어」가 정확히 언제 씌어졌는지는 알 수 없으나, 분명한 것은 1950~60년대 쓰여졌고, 시인의 사후 1년이 지나서 발표되었다는 거야.

명호야.
여기서 우리는 1960년에 일어난 4·19 혁명을 떠올려 볼 필요

사상계 : 1953년부터 1970년까지 장준하에 의해 발간된 월간 시사잡지. 이 잡지에 김 지하의 「오적五賊」이 발표되어 폐간됨.

가 있어. 4·19는 주지하다시피 이승만 독재에 저항하여 일어난 민주혁명이지. 민주화에 대한 열망이 무참히 꺾이고 이 땅에 박정희를 중심으로 하는 경제개발 독재체제가 뿌리를 내리면서 외세의 지배가 더욱 공고히 다져져 가는 시기가 우리나라의 1960년대였어. 이런 휘몰아치는 역사의 소용돌이 한 복판을 시인은 살았고, 그 속에서 시인은 현실을 외면하지 않고 적극적으로 발언하는 참여적인 시를 썼어. 이로 볼 때 시 「좋은 언어」는 현실 극복의 의지를 나타낸다고 할 수 있겠지. 현실을 외면하려 하지 않고, 그 현실을 똑바로 바라보고 자세를 낮추어 하나하나 차근차근 준비해 나갈 때 우리가 염원하는 '그때'는 오며, 그때까지 우리는 세상을 좋은 언어로 채워 가야 한다는 거야.

자, 그렇다면 위 시의 제목으로 쓰인 '좋은 언어'란 무엇일까? 시에 나타난 좋은 언어는 될수록 자리를 아래로 낮춘 곳, 기다리는 곳, 우리들이 조용히 눈으로만 이야기할 때 찾아오는 언어야. 이 시에서 중요한 것은 "때는 와요"와 "허지만 / 그때까진 / 좋은 언어로 이 세상을 / 채워야 해요"의 마지막 연이지.

그러나 오늘날 우리는 시인이 염원한 좋은 언어로 세상을 채워가고 있을까? 아마 그렇지 못할 거야. 우리 주변에 넘쳐나는 말은 어떤 언어일까? 너도 알다시피 우리는 입만 열면 부동산, 주식, 펀드, 각종 범죄, 성차별, 인종차별, 분열, 보복, 전쟁, 학살, 정치 싸움, 경제 사기와 종교적 자기 주장에 따른 편협한 논리를 마구 쏟

아내고 있어. 온라인 세계에서는 혐오와 폭력, 악성에 오염된 댓글과 의미와 정체를 알 수 없는 외계어들로 도배를 이루지.

언어의 타락과 오염이 극심한 현실에서 시인은 이 같은 전언傳言을 남기고, 40세 일기를 마지막으로 세상을 떠났어. 단명했던 그의 삶에 비해 그는 예지력을 갖춘 시인이었으며, 찰나적 삶을 섬광처럼 살다간 시인이었다고 볼 수 있지.

명호야. 소개 시 「좋은 언어」만큼이나 우리에게 전하고자 하는 메시지가 분명한 그의 대표시 「껍데기는 가라」를 더 읽어 보자. 시를 읽으며 이 시에서 말하는 '향기로운 흙가슴'은 무얼 의미하는지, 위 시 「좋은 언어」에서 '좋은 언어'와 어떻게 의미가 서로 통하는지에 대해 생각해 보자.

껍데기는 가라

신동엽

껍데기는 가라

사월도 알맹이만 남고
껍데기는 가라

껍데기는 가라.
동학년東學年 곰나루의, 그 아우성만 살고
껍데기는 가라

그리하여, 다시
껍데기는 가라
이곳에선, 두 가슴과 그곳까지 내논
아사달 아사녀가
중립中立의 초례청 앞에 서서
부끄럼 빛내며
맞절할지니

껍데기는 가라
한라에서 백두까지
향그러운 흙가슴만 남고
그, 모오든 쇠붙이는 가라

슬픈 일이면 나에게 주렴

세노야

고은

세노야 세노야
산과 바다에 우리가 살고
산과 바다에 우리가 가네

세노야 세노야
기쁜 일이면 저 산에 주고
슬픈 일이면 님에게 주네

세노야 세노야
기쁜 일이면 바다에 주고
슬픈 일이면 내가 받네

세노야 세노야
산과 바다에 우리가 살고
산과 바다에 우리가 가네

명호야.

너 혹시 가수 양희은의 「세노야」라는 노래를 들어 본 적 있니? 없다면 한번 들어봐. 이 시는 가수 양희은의 노래로 잘 알려져 있는 「세노야」의 가사인데, 시인 고은이 지은 시야. 구슬픈 멜로디에 가수의 청아한 목소리가 잘 어우러져 많은 이에게 사랑을 받고 있지. '세노야'는 예전에 연속극으로도 방송되었고 영화로도 제작되었으며 여러 가수들에 의해 불려져 우리에게 친숙하게 다가와. 그런데 이 '세노야'라는 말에는 여러가지 설이 있어. 그 중 대표적인 것이 '세노야'는 일본 어부들이 멸치잡이 배에서 그물을 당기면서 부르던 뱃노래의 후렴이라는 것과, 그게 아니고 우리나라 남해안 일대에서 어부들이 그물 작업하면서 부른 노동요라는 것이야. 그러니까 '세노야'라는 말이 일본에서 온 말이라는 것과(최상일, 강재형) 우리나라 고유의 노동요에서 온 말이라는 것(고은)으로 크게 나뉘어. 이에 대해 이 시를 쓴 고은 시인은 다음과 같이 말한다.

(1968년인가 그 다음해인가) 바로 그 남해 난바다까지 나가 나의 뜻에 따라 멸치잡이 어선들에 조심스레 접근했다. 멸치 그물을 후리고 끄는 선상 노동은 노래 없이는 불가능하다. 그 어부가 중 후렴으로 '세노야 세노야'라는 낯선 낱말이 내 뇌리에 박혔다.

이 '세노야'는 내 고향 군산 앞바다의 그것이 아니라 남해 일대의 노동요 발흥의 허사이다. 그런데 훗날 나는 일본 규슈를 여행하다가 규슈 해안의 어부가로 다시 '세노야'를 만날 수 있었다. (중략) 나는 '세노야'가 일본어라고만 단정하는 것을 주저한다. 그것은 오랜 공해 상의 흥취를 담은 고대 한국어이자 지금 국제어로서의 한 낱말이기 십상이다." - 2012. 11. 1. 한겨레신문

내가 이 시를 만난 것은 시보다 먼저 가수 양희은을 통해서였어. 간단한 노랫말에 느리고 단순한 멜로디가 듣는 이에게 쉽게 따라부를 수 있게 하니까. 그런데 내가 이 노래를 흥얼거릴수록 마음속에 남는 의문이 있었다. 바로 2연의 "기쁜 일이면 저 산에

주고 / 슬픈 일이면 님에게 주네"와 3연의 "기쁜 일이면 바다에 주고 / 슬픈 일이면 내가 받네"라는 부분이었어.

아니 이게 대체 무슨 말인가? '세노야'라는 말이 뱃사람들의 노동요에 붙는 후렴이라고 한다면 별 뜻 없이 흥을 돋우기 위한 것일 테고, 나머지 시 구절의 의미도 우리가 이 땅의 산과 바다에 살아간다는 것이야. 그런데 2연과 3연에서 기쁜 일은 저 산이나 바다에 주고, 나와 님에게는 슬픈 일을 달라고 하여, 평범한 시의 내용에 일대 반전을 불러온다.

사람은 누구나 기쁜 일을 좋아하고 슬픈 일은 멀리하려 하지. 그런데 이 시에서는 그와는 정반대로 이야기하고 있어. 기쁜 일이 아니라 슬픈 일을 나에게 달라고 하니, 이것을 어떻게 보아야 할까?

명호야.

나에겐 장애인 형이 한 분 있었다. 형은 말을 못 했고 몸 한쪽을 제대로 쓰지 못했어. 그러다 보니 일상생활은 물론이고 밥 먹고 옷 입는 일조차 누군가의 도움을 필요로 했지. 형은 오랫동안 우리 집의 우환이었고 근심이었으며, 한시도 지울 수 없는 괴로움이었다. 형으로 인한 그늘이 우리 집 곳곳을 어둡게 했고, 언제 어느 때 무슨 일이 터질지 몰라 우리 가족은 늘 긴장 속에 살아야 했어. 아마 장애인 가족이 있는 집이라면 정도의 차이는 있겠지만 사정은 거의 이와 같을 거야.

나는 왜 형 같은 사람이 농촌의 가난한 우리 집에 태어났을까 생각해 본 적이 있어. 조금 더 잘 사는 도시의 부잣집에 태어났더라면 의료시설의 혜택도 많이 받고 보다 편안한 삶을 살았을 텐데, 하필이면 시골의 가난한 우리 집에 태어나 형도 고생하고 우리 가족도 고생하게 되었나 하고 말이야. 그럴 때마다 의문에 대한 답은 없고, 나는 이 노래 「세노야」를 마음속으로 흥얼거렸다.

"기쁜 일이면 바다에 주고, 슬픈 일면 내가 받네."

이 노래를 부르면 답답하던 마음이 조금씩 가셨어. 대접에 떠놓은 흙탕물처럼 흐린 마음이 서서히 맑게 가라앉았어. 시 한 편이 주는 위안의 힘으로 나는 이렇게 거스를 수 없는 운명의 격랑을 끌어안을 수 있었다.

그러면서 인생의 본질은 기쁨보다는 슬픔일 거라는 생각을 하기도 했지. 형으로 인한 슬픔을 화내거나 원망하지 않고 내 안에 받아들여, 그 슬픔과 함께하는 것이 인생이구나 하는 생각을 많이 하게 됐지. 그리고 이 시, 멸치잡이 뱃사람들이 노동하면서 부른 이 노동요 속에 인생의 참뜻이 그렇게 스며들어 있구나 하고 생각했던 거지.

그러고 보면 이 시에는 우리 민족의 '고통의 철학'이 담겨 있다 할 것이다. 기쁜 일은 저 산에 주고, 슬픔은 나와 우리 님에게 달라고 함으로써, 삶의 고통을 대하는 자세가 당당하고 넉넉함하고 포용적임을 보여 주고 있어.

시를 쓰되 똑 이렇게 쓰랏다

⤚

오적五賊

김지하

시를 쓰되 좀스럽게 쓰지 말고 똑 이렇게 쓰랏다.

내 어쩌다 붓끝이 험한 죄로 칠전에 끌려가
볼기를 맞은 지도 하도 오래라 삭신이 근질근질
방정맞은 조동아리 손목댕이 오물오물 수물수물

뭐든 자꾸 쓰고 싶어 견딜 수가 없으니, 에라 모르겠다
볼기가 확확 불이 나게 맞을 때는 맞더라도
내 별별 이상한 도둑 이야길 하나 쓰것다.
(이하 생략)

명호야.

이번에 이야기하는 시는 우리가 흔히 보는 서정시와 시의 형식이 좀 다른 시야. 일반적인 서정시는 행과 연으로 나뉘어져 있지. 그런데 이 시는 뭐랄까? 판소리 문체를 연상시킨다고 할까? 그러면서 시의 내용이 현실에 대해 강하게 풍자諷刺*하고 있어.

흔히 시를 저항의 무기라고 하는데, 이 말은 시가 어두운 사회 현실에 저항하는 무기이기 때문이야. 그래서 시를 '화살'에 비유하는데 짧고 날카로운 촉이 시위를 떠나 곧장 과녁에 박히기 때문이지. 우리나라에서는 특히 1970년대와 80년대의 시가 군부 독재 정권에 저항하는 글로 많이 쓰였어. 이런 시를 참여시, 저항시, 민중시라고 하는데, 그런 시인 중에는 고문을 당해 일찍 세상을 떠난 시인도 있었다. 여기에서는 여러 명의 저항 시인 가운데 한 사람인 김지하의 「오적五賊」을 감상하기로 하자. 이 작품을 선택한 것은 두 가지 이유에서야. 하나는 시의 형식이 일반 시와는 다르다는 점에서, 그리고 하나는 시의 풍자에 대해 알아보는 것이야.

자, 그러면 시를 놓고 이야기해 보자.

'오적五賊'은 다섯 명의 도적을 뜻한다. 1905년 러일전쟁에서 승리한 일제는 우리나라와 강제로 을사늑약*(한일합방)을 체결하는데, 이때 이완용을 비롯한 다섯 명의 대신이 조약 체결에 찬성하여, 이후 우리나라는 국권을 상실하고 일제의 식민지가 되었다. 시인 김지하는 을사오적에서 '오적'이라는 말을 가져와 시의 제목으로 삼았는데, 시인은 이 시를 통해 1970년대 우리 사회의 부패상에 대해 강렬히 비판하고 있어. 작품 속에 등장하는 오적은 재벌, 국회의원, 고급 공무원, 장성, 장차관이야. 시인은 인간의 탈을 쓴 짐승 같은 모습의 다섯 도적을 차례로 등장시켜, 부정부패로 물든 한국 사회의 권력층의 실상을 적나라하게 비판 풍자해. 예컨대 이런 식이야.

(재벌) 재벌놈 재조 봐라 / 장관은 노랗게 굽고 차관은 벌겋게 삶아… / 세금 받은 은행 돈, 외국서 빚낸 돈 / 온갖 특혜 좋은 이권 모조리 꿀꺽 / 이쁜 년 꾀어 첩 삼아, 밤낮으로 작신작신 새끼 까기 여념 없다 / 귀띔에 정보 얻고 수의계약 낙찰시켜 헐값에 땅 샀다

풍자諷刺 : 사회문제를 직접 비판하지 않고 빙둘러 비판하는 것.
을사늑약 : 1905(을사)년 11월 17일 일본의 강압으로 한국과 일본 사이에 체결된 협약. 일본이 한국의 외교권을 박탈하고, 내정 장악을 위해 통감부를 설치함.

가 길 뚫리면 한몫 잡고….

　(고급공무원) 어허 저놈 봐라 낯짝 하나 더 붙었다 / 유들유들
숫기도 좋거니와 / 산같이 높은 책상 바다같이 깊은 의자 우뚝 나
직 걸터앉아 / 쥐뿔도 공 없는 놈이 하늘같이 높이 앉아 / 한 손은
노땡큐 다른 손은 땡큐땡큐 / 되는 것도 절대 안돼 안될 것도 문제
없어… 공금은 잘라 먹고 뇌물은 청해 먹고….

　이렇게 우리 고유의 판소리 문체에 고대소설의 사건 전개 방식
을 차용한 「오적五賊」은 1970년대 사회 지도층 인사들의 부정부패
와 초호화판 생활을 적나라하게 폭로하며 이를 통렬히 비판하고
있다. 게다가 부정부패를 척결할 임무를 부여받은 포도대장(경찰
이나 사법부의 비유)이란 인물은 썩어빠진 오적을 잡아들이기는
커녕 오히려 그들에게 매수되어, 오적을 고해 바친 백성 '꾀수'를
무고죄로 몰아 감옥에 집어 넣고, 자기는 오적들이 살아가는 도둑
촌을 지키는 개가 되어 살아간다. 그리하여 작품 말미에 포도대장
과 오적의 무리가 어느 날 아침 잠자리에서 일어나 기지개를 켜다
가 갑자기 벼락에 맞아 급사하는 것으로 이야기가 끝나.

　이 시는 1970년 5월 『사상계』에 발표되었어. 김지하는 이 시를
발표하면서 독창적으로 '담시譚詩'라는 말을 썼는데, 담시란 이야
기 시의 범주에 속하는 것으로, 전통적인 해학과 풍자로 사회현실
을 비판하기 위해 그 자신이 창안한 시에 붙인 명칭이야. 김지하

는 「오적五賊」을 통해 문단에 파문을 일으키며 자신의 이름을 국내외에 널리 알리게 돼. 이 작품을 발표한 『사상계』는 그로인해 폐간되고, 김지하는 반공법 위반으로 구속되어 사형 선고를 받는 등, 이후 8년여 동안 옥고를 치르면서 그는 박정희 유신 독재체제에 저항하는 중심 인물로 떠올랐지. 그리고 이러한 노력을 인정받아 그는 1975년 아시아·아프리카 작가회의에서 수여하는 '로터스 특별상'을, 그리고 1981년에는 세계 시인대회로부터 '위대한 시인상'과 '브루노 크라이스키 인권상'을 수상했어.

그 후 김지하 시인은 권력의 횡포를 풍자한 담시 「비어蜚語」, 판소리꾼 임진택이 나중에 「똥바다」로 각색해 부른 「분씨물어糞氏物語」, 일본의 기생 관광과 경제 침략을 풍자한 「앵적가櫻賊歌」 같은 작품을 연이어 발표하고, 「금관의 예수」, 「나뽈레옹 꼬냑」, 「구리 이순신」 같은 희곡을 써서 가난하고 소외된 자들의 입장을 대변하였어.

이 시가 일반 대중들에게 널리 읽힌 것은 아마도 1980년대 들어서일 거야. 1980년대는 전두환 신군부 세력에 맞서 민주화 운동이 가열차게 일어나는 시기였는데, 여러 예술 장르 가운데 특히 시가 가파른 시대와 호흡을 같이 하며 투쟁의 무기로 작용하고 있었어. 나도 그 당시 이 시를 시집이 아닌 타자로 친 유인물을 통해 보았다. 그럴 수밖에 없는 것이 그 당시 김지하의 모든 책은 판매금지된 상태였고, 갖고 있는 것만으로도 경찰서에 끌려가 조사를 받아야 했기 때문이야.

내가 시 「오적五賊」을 처음 보았을 때 느낀 충격은 두 가지였다. 하나는 시의 맨 첫 문장 "시를 쓰되 좀스럽게 쓰지 말고 똑 이렇게 쓰랏다."야. 나는 이 구절을 읽으며 망치로 머리를 강하게 얻어맞는 느낌이 들었어. 너무 강렬해서였어. 이 문장은 그동안 내가 쓴 시뿐만 아니라 읽었던 모든 시를 '좀스럽게' 만들었고, 앞으로 전개되는 시의 내용에 확 빨려들게 만들었다. 그 다음 하나는 이 시를 읽으면서 느꼈던 일종의 쾌감이야. 가진 것이라곤 몸뚱이 하나밖에 없는 '꾀수'라는 사람을 통해 이른바 사회 지도층이라는 사람들의 부패와 초호화판 방탕 생활이 폭로되고 있어서야. 게다가 마땅히 이 부패 세력들을 잡아 넣어야 할 포도대장이라는 자가 오적의 집을 지켜 주는 개가 되어 오히려 꾀수를 감옥에 처넣는다는 이야기는, 부패한 사회의 정경유착의 본질을 풍자적으로 보여 주고 있어서였지.

이렇게 박정희 정권의 유신 독재에 목숨을 걸고 저항하여 저항 시인으로 국내외 명성을 얻은 김지하는 1991년 5월 조선일보에 「젊은 벗들! 역사에서 무엇을 배우는가」라는 제목의 칼럼을 발표해. 1991년 5월은 전두환의 뒤를 이은 노태우 정권의 비리와 공안 통치를 규탄하는 시위가 전국에서 일어났는데, 그 과정에서 강경대, 박창수, 박승희 같은 열사들의 타살과 분신 자살이 연이어 일어나던 때였어. 이같이 노태우 독재 정권 타도를 위해 노동자와 대학생들이 분신으로 저항하던 때에 김지하는 「죽음의 굿판을 당장 걷어치워라」라는 칼럼을 조선일보에 발표하여 운동권 젊은이들이 마치 죽음마저 운동의 수단으로 이용하려 한다고 비판했어. 그후 그의 이런 행보는 민주화 운동세력으로부터 '변절자'라는 심한 비난과 비판을 받게 돼. 아마 그 당시 김지하를 아는 사람이라면 그의 이해되지 않는 행동에 심한 안타까움을 느꼈을 거야. 꼭 그렇게 해야 하나, 조선일보에서 김지하 시인을 이용하는 것 아닌가 하는 생각을 갖기도 했지만, 그렇다고 그에 대한 안타까움이 덜해지지는 않았지. 누가 보아도 그의 행동은 눈앞에 벌어지는 상황에 대한 짜증스럽고 신경질적인 반응이었지 사려 깊은 것은 아니었기 때문이야.

그후 그는 최제우, 최시형의 동학 사상인 '모심'과 '섬김'을 바탕으로 한 생명 사상을 주창하고, 우주의 숨소리이면서 가락이라는 '율려*'를 통해 그만의 독특한 사상체계를 구축하려 하였어. 그는 이같은 사상을 바탕으로 오늘날 인간과 인간, 인간과 자연, 이성과 감성이 갈등하고 대립하는 총체적 위기에서 벗어나고자 했지. 1970년대 유신 독재에 저항한 저항 시인으로, 1990년대 민주화 운동의 변절자로, 그후 생명 사상과 율려 사상가로의 그의 일생은 파란만장한 것이었으며, 그에 대한 평가는 한 마디로 이렇다 하게

율려 : 국악에서 음악이나 음성의 가락을 이르는 말.

내려질 수는 없다 할 거야.

　명호야.
　여기에서 그의 대표시라 할 수 있는 시 「타는 목마름으로」를 소
개할게. 이 시는 1972년 10월 이른바 10월 유신이 선포되어 우리
나라 민주주의에 장송곡이 울려 퍼졌을 때, 그때 그가 민주주의
에 대한 핏빛 염원을 담아 썼다고 해. 프랑스 시인 엘리아르의 「자
유」를 표절했다는 의혹이 제기되기도 하지만, 어쨌든 이 시는 노
래로도 작곡되어 가수 김광석과 안치환이 부르기도 했고, 집회나
시위 현장마다 최루 가스 속에 빠지지 않고 불려지기도 했어.

타는 목마름으로

　　　　　　　　　　　　　　　김지하

　신새벽 뒷골목에
　네 이름을 쓴다 민주주의여
　내 발길은 너를 잊은 지 너무도 오래

오직 한 가닥 있어
타는 가슴속 목마름의 기억이
네 이름을 남몰래 쓴다 민주주의여

아직 동트지 않은 뒷골목의 어딘가
발자국 소리 호르락 소리 문 두드리는 소리
외마디 길고 긴 누군가의 비명 소리
신음 소리 통곡 소리 탄식 소리 그 속에 내 가슴팍 속에
깊이깊이 새겨지는 네 이름 위에
네 이름의 외로운 눈부심 위에
살아오는 삶의 아픔
살아오는 저 푸르른 자유의 추억
되살아오는 끌려가던 벗들의 피 묻은 얼굴
떨리는 치 떨리는 노여움으로 나무판자에
백묵으로 서툰 솜씨로
쓴다

숨죽여 흐느끼며
네 이름을 남몰래 쓴다
타는 목마름으로
타는 목마름으로
민주주의여 만세

외로움과 고독

-》,

외로운 여자들은

최승자

외로운 여자들은
결코 울리지 않는 전화통이 울리길 기다린다.
그보다 더 외로운 여자들은
결코 울리지 않던 전화통이
갑자기 울릴 때 자지러질 듯 놀란다.
그보다 더 외로운 여자들은

결코 울리지 않던 전화통이 갑자기 울릴까 봐,

그리고 그 순간에 자기 심장이 멈출까 봐 두려워한다.

그보다 더 외로운 여자들은

지상의 모든 애인들이

한꺼번에 전화할 때

잠든 체하고 있거나 잠들어 있다.

명호야.

나는 2015년에 제목이 『외로움』이라는 작은 책자를 만든 적이 있다. 온전한 책이라기보다는 메모할 수 있는 수첩에 가까운 크기에 외로움에 대한 단상을 적은 것이었어. 팔리길 기대하고 만든 것은 아니야. 내가 활동하고 있는 '평화모임' 회원들에게 선물할 생각으로 만든 거였어. 현대를 사는 사람들이 남녀노소를 불문하고 누구나 겪는 가장 큰 문제가 외로움일 거라는 생각에서, 외로움을 주제로 잡았었지.

주거환경과 생활양식이 바뀌면서 현대인에게는 혼자 있는 시간이 늘고 있다. 요즘 유행어가 된 혼밥, 혼술, 혼영 같은 말이 생겨난 것도 현대인의 라이프 스타일의 변화에서 온 것으로 볼 수 있지. 혼자 있게 되면 외로움이 찾아든다. 외로움에 젖으면 인생이 공허해지고 슬퍼져. 친구를 만나 술을 한 잔 해도 일이 있어 밖에 나갔다 와도 그때 뿐, 외로움은 강둑에서 피어오르는 아침 안개처럼 소리도 흔적도 없이 우리 곁에 밀려든다. '군중 속의 고독'이라는 말처럼 사람들과 같이 있어도 피곤하고, 짜증나고, 여기저기 부딪히고, 그러다 어느 순간 주위가 텅 비어 있다는 느낌. 외로움은 해일처럼 우리를 삶의 바깥으로 밀어낼 뿐만 아니라, 늪처럼 천천히 가라앉히기도 해.

최승자 시인(1952~)의 위 소개 시도 그러한 외로운 사람들의 정황을 잘 드러낸다. 이 시를 읽으면서 우리는 먼저 '여자'라는 단어를 '남자'로까지 자연스레 확대하여 읽게 되며 그럴 때 모든 사람은 외롭다는 생각을 하게 된다. 전화통이 울리지 않는다는 것은 관계의 단절을 나타내. 관계의 단절은 소속감의 결여로 나타나고, 결국은 외톨이 신세로 전락하지. 그렇게 되면 모든 인간의 감각이나 사회 활동에 필요한 행동이 둔화되거나 마비돼. 그라운드에서 우두커니 서 있는 사람 앞에 갑자기 축구공이 굴러와 그것을 어찌해야 할지 모르는 사람처럼, 당황하고 어색하여 끝내 조롱을 당하기도 한다. 그리고 그러한 정황은 여자들뿐만 아니라 남자들도 얼마든지 그럴 수 있다는 사실이 이 시에 구체적으로 서술되어 있어.

외로움은 혼자 있을 때 느끼는 고통스런 감정이야. 외로우면 슬픔, 그리움, 무력감에 사로잡혀 자신이 초라하게 느껴져. 왜냐면 자기가 버려졌다고 생각되기 때문이야. 사람들은 외로우면 자신이 망가졌다고 생각해. 삶에 실패해서 외롭다고 생각하지. 위시는 그러한 외로움의 일반적 감정을 끝까지 추적해나가는 식으로 되어 있다. ① 외로운 여자들은 전화가 오기를 기다리는데, 그 전화는 '결코 오지 않을' 전화다. ② 그보다 더 외로운 여자들은 결코 오지 않을 전화가 갑자기 왔을 때 '자지러지게' 놀란다. ③ 그리고 그보다 더 외로운 여자들은 지상의 모든 애인들이 한꺼번에 연애할 때 '잠든 체하고 있거나 잠들어 있다', 이렇게.

명호야.
너도 외로움을 느낄 때가 있지? 넌 어느 때 외로움을 느끼니? 위시는 관계의 단절에서 오는 외로움을 아주 리얼하게 그려 내고 있어. 이 얼마나 비참한 상황이냐? 그리고 이러한 상황에 놓인 경험을 누구든 한두 번은 겪었을 거야. 시가 어렵지 않으면서 어떤 수사나 기발한 기교가 있는 것도 아닌데 현대인이 겪는 외로움을 이렇게 적실하게 표현하고 있다니. "지상의 모든 애인들이 / 한꺼번에 전화할 때 / 잠든 체하고 있거나 잠들어 있다"에서 느낄 수 있는 처절한 소외와, 그로 인해 겪는 죽음에 가까운 외로움을 우리는 이 시에서 느낄 수 있다.

명호야.
외롭다는 말에서 우리는 '심심함', '고독' 같은 말을 떠올릴 수 있어. 심심함과 외로움, 고독의 공통점은 혼자라는 거야. 심심함과 외로움이 같은 범주에 묶일 수 있는 말이라면, 그러나 고독은 이 두 가지와 사뭇 성질이 다르다. 심심함은 할 일이 없는 상태, 주고 받을 말 상대가 없는 상태에서 온다. 심심함도 외로움처럼 인간 소외의 결과야. 근대 산업혁명 이후 자본주의가 발달하면서 인간 이 자신의 노동으로부터 소외되기 시작한 이후, 인간의 생활에 전 에 없던 '일상'이라는 것이 자리하게 되고, 그 일상의 한 영역으로 심심함이 파고든 거라고 볼 수 있지. 심심한 상태가 오래 지속되 면 자신의 사회적 의미와 역할에 대해 회의하게 되고, 그것이 깊 어지면 우울증이나 은둔형 외톨이(히치코모리)가 될 수도 있어.

심심함이나 외로움이 밖의 것에서 해결책을 구하는 반면, 고독 은 그렇지 않아. 고독은 스스로 원해서 혼자 있게 된 능동적 선택 이야. 인간이 성장하기 위해서는 혼자 있는 시간이 반드시 필요 해. 심심함이나 외로움은 혼자가 되는 것에 대한 두려움이 있지 만, 고독은 혼자가 되기 위해 스스로 고독을 선택한 거야. 인생을 사는 데는 외로움, 지루함, 가난, 실패, 비참함 같은 것을 견디는 힘이 필요해. 외로움을 이겨내는 힘은 역설적으로 외로울 때 기를 수 있어.

위 소개 시에 참고할 좋은 시가 있어서 소개한다. 프랑스 화가 마리 로랑생의 「잊혀진 여인」이라는 시야. 마리 로랑생을 일컬어

"여성으로 여성의 눈으로 여성을 그린 최초의 화가"라고 하는데 한번 인터넷으로 검색해 봐. 그녀의 그림은 분홍, 보라, 녹색, 파랑, 회색 등의 색채가 많이 사용되어 몽환적인 분위기를 자아내. 시의 내용이나 전개 방식이 소개 시와 유사하여 '외로운 여자'의 또다른 면모를 느낄 수 있을 거다.

잊혀진 여인

마리 로랑생

권태로운 여인보다 더 불쌍한 여인은
슬픔에 젖은 여인입니다.

슬픔에 젖은 여인보다 더 불쌍한 여인은
불행을 겪고 있는 여인입니다.

불행을 겪고 있는 여인보다 더 불쌍한 여인은
병을 앓는 여인입니다.

병을 앓는 여인보다 더 불쌍한 여인은
버림받은 여인입니다.

버림받은 여인보다 더 불쌍한 여인은
쫓겨난 여인입니다.

쫓겨난 여인보다 더 불쌍한 여인은
죽은 여인입니다.

죽은 여인보다 더 불쌍한 여인은
잊혀진 여인입니다.

내가 만일 그 길을 갔다면

가지 않은 길

로버트 프루스트

노란 숲속에 두 갈래 길이 나 있었습니다.
나는 두 길을 다 가지 못하는 것을 안타깝게 생각하면서
오랫동안 서서 한 길이 굽어 꺾여 내려간 데까지
바라다볼 수 있는 데까지 멀리 바라보았습니다

그리고, 똑같이 아름다운 다른 길을 택했습니다

그 길에는 풀이 더 있고 사람이 걸은 자취가 적어
아마 더 걸어야 될 길이라고 나는 생각했던 게지요
그 길을 걸으므로, 그 길도 거의 같아질 것이지만

그 날 아침 두 길에는
낙엽을 밟은 자취는 없었습니다
아, 나는 다음 날을 위하여 한 길은 남겨 두었습니다
길은 길에 연하여 끝없으므로
내가 다시 돌아올 것을 의심하면서…

훗날 훗날에 나는 어디선가
한숨을 쉬며 이야기할 것입니다
숲속에 두 갈래 길이 있었다고
나는 사람이 적게 간 길을 택하였다고
그리고 그것 때문에 모든 것이 달라졌다고

명호야.

나는 이 시를 중학교 때 영어 참고서에서 처음 만났다. 참고서
어딘가에 원문과 함께 우리말로 번역되어 있었지. 그 당시 나는

공부는 뒷전이라 참고서도 이 시에 대해서도 전혀 마음이 가지 않았다. 그런데 이상한 것은 맨 처음에 나오는 '두 갈래 길'이라는 말이 오래도록 가슴에 남아 지워지지 않았어. 그 뒤 나는 이 시를 여기저기에서 다시 만났지. 그만큼 이 시는 우리나라 사람들에게 이미 잘 알려져 있던 시였어. 자꾸 접하면서 나는 이 시와 친해졌고 그러면서 그 의미를 생각하게 되었다.

인생은 선택의 연속이다. 오늘 내가 걷고 있는 이 길은 과거에 나의 선택에 의해 수많은 길이 버려진 결과라 할 수 있지. 우린 버리면서 새길을 간다. 타고 온 뗏목을 버려야 강을 다 건너는 것처럼. 그 뗏목을 버리고 새 언덕에 첫발을 내딛지 않는 한 우리는 새길을 갈 수 없어. 그러나 그런 일이 아무렇지도 않게 이루어지는 것은 아니야. 모든 선택에는 신중한 판단과 결단 그리고 그에 따른 아쉬움과 작별의 아픔이 있지. 무슨 일을 선택한다는 것은 많은 감정을 정리하고 물리쳐야 한다는 것을 의미해. 인생의 모든 일이 그렇다. 그렇게 가고자 하는 길을 자기 힘으로 선택하여 가는 것이 곧 자립이요 독립이요 자유야. 그런 면에서 선택은 인생의 영원한 주제라고 할 수 있지.

로버트 푸르스트(1874-1963)는 미국 시인이야. 그는 일상의 언어와 리듬으로 평범한 생활의 이면에 깃든 인생의 진실을 담담한 어조로 묘사하여 누구나 쉽고 부담 없이 즐길 수 있는 시를 썼어.

그는 자신이 경영하는 농장에서 오랫동안 살면서 평화롭고 아름다운 자연 풍광 속에서 삶의 의미를 찾았단다. 또 깊은 사색과 성찰을 통해 인생의 진실을 쉽게 드러내는 시를 써서 많은 이에게 사랑을 받았어. 교사와 농부를 하면서 퓰리처상을 네 번이나 받았고, 1961년 J. F. 케네디 대통령 취임식에 초청 시인으로 시를 낭송하면서, 미국의 국민 시인으로 추앙받았어.

명호야.

이 시에 나오는 '길'이 뭐라고 생각하니? 그 길은 바로 인생의 길이야. 1연에서 시적 화자인 '나'는 어느 가을날 숲속에서 두 갈래 길을 만나 망설인다. 그러다 2연에서 "사람이 걸은 자취가 적은" 길을 택하고, 3연에서는 선택한 길을 가면서 다른 길은 훗날을 위하여 남겨 두고, 4연에서 자신이 선택한 길 때문에 모든 것이 달라졌다고 이야기하지. 마지막 4연에 시인의 시상이 집중되어 있는데, 그것은 자신이 가지 않은 길에 대한 후회와 미련이 남아 있긴하지만, 그러나 자신이 선택한 길을 걸어 이루어진 지금의 인생을 담담히 받아들이고 수용하겠다는 긍정의 모습을 보여 준다.

우리는 이 시를 읽으며 한 가지 생각해 볼 것이 있어. 시적 화자가 선택한 길은 사람이 많이 다니는 길이 아니라 적게 다니는 길이라는 거야. 어느 사회나 너도나도 앞다투어 가는 길이 있지. 이른바 주류의 길이야. 요즘 유행어로 '인싸'라고 할까? 주류의 길은 편안한 길이야. 돈, 명예, 권력, 출세, 성공과 같은 이 시대의 가치가 반영된 길이며, 서로 경쟁하여 앞다투어 달려가는 길이지. 어린이뿐만 아니라 청소년, 노인에 이르기까지 누구나 가려고 하고 누구나 몰려드는 인기 만점의 길이야. 그런데 이 시의 화자는 그런 길이 아니라 사람이 적게 다닌 길을 선택한다. 그 길은 외로운 길이요, 개척되지 않은 험난한 길이며, 그리하여 사람들이 가지 않으려고 피하는 길이야. 그러나 주류의 길에서는 찾을 수 없는 의미가 숨어 있는 길이자 가치 있는 매력적인 길이야.

요즘 초등학생들에게 장래 희망을 물었더니 가장 많이 하고 싶은 것이 운동선수, 교사, 유튜버(BJ 등 크리에이터)라고 해. 청소년들은 교사와 의사, 경찰관이라고 하고. 그러나 누구나 가려고 하는 길이 아닌 자신만이 가고 싶은 길에는 무엇이 있을까? 트리나 포올러스의 책 『꽃들에게 희망을』에 나오는 '노랑 애벌레'가 갔던 길. 노랑 애벌레는 다른 애벌레들이 기를 쓰고 올라가는 기둥에 같이 휩쓸려 올라갔다가 실망하고 내려와, 고치를 틀어 나비가 되어 하늘 높이 날아오르지. 경쟁의 기둥에서 벗어나 자기만의 '고치'를 틀지 않았다면 노랑 애벌레나 그의 짝인 호랑 애벌레는 나비가 되지 못하고 애벌레로 생을 마감했을 거야.

나만의 길을 간다는 것, 그런 인생을 산다는 것. 참으로 의미 있는 일이면서 어려운 일이기도 해. 먼 훗날 사람들은 자신이 살아온 길을 되짚어 볼 때가 있을 거야. 그때 내가 살아온 길은 다름 아니라 매 순간의 선택에서 내가 버린 길로 이루어졌다는 것을 사람들은 알겠지.

　명호야. 로버트 푸르스트의 자연 친화적이면서 인생의 의미를 담담히 드러 내고 있는 다른 시 한 편을 소개할게. 이 시 역시 「가지 않은 길」만큼이나 사람들이 애송하는 시야. 눈 내린 아름다운 숲에서 잠시 상념에 잠긴 후, 다시 자신이 가야 할 길을 가고자 하는 내용을 담은 시야. "잠들기 전에 가야 할 먼 길"이 무엇일까 같이 생각해 보자.

눈 오는 저녁 숲가에 서서

로버트 푸르스트

이게 누구의 숲인지 알 듯하다.
그 사람 집은 마을에 있어서
그는 보지 못할 것이다, 내가 여기 멈춰 서서
자신의 숲에 눈 쌓이는 모습을 지켜보는 걸.

내 조랑말은 나를 이상하게 여길 것이다.
근처에 농가라곤 하나 없는데
숲과 얼어붙은 호수 사이에서
연중 가장 캄캄한 이 저녁에 길을 멈추었으니.

말은 방울을 흔들어댄다.
뭐가 잘못됐느냐고 묻기라고 하듯.
그밖의 소리는 오직 가볍게 스쳐가는
바람소리, 부드러운 눈송이뿐.

숲은 아름답고 어둡고 깊다.
하지만 내게는 지켜야 할 약속이 있고
잠들기 전에 가야 할 먼 길이 있다,
잠들기 전에 가야 할 먼 길이 있다.

지나간 것은 그리워진다

삶이 그대를 속일지라도

알렉산드르 푸시킨

삶이 그대를 속일지라도
슬퍼하거나 노여워하지 말라
슬픔의 날 참고 견디면
기쁨의 날이 오리니
마음은 미래에 살고
현재는 늘 슬픈 것

모든 것은 순간에 지나가고
지나간 것은 훗날 그리워지나니

이번에는 우리에게 너무나 잘 알려진 푸시킨의 시로 이야기를
나눠 보자. 이 시는 러시아 시인 알렉산드르 푸시킨(1799-1837)의
시 가운데 가장 널리 알려져 많은 사람에게 사랑받는 작품이야.
다른 것은 몰라도 특히 1연의 "삶이 그대를 속일지라도 / 슬퍼하
거나 노여워하지 말라"라는 구절은 너도 알고 있겠지? 인생의 슬
픈 날을 참고 견디면 즐거운 날이 오게 되고, 누구나 미래에 바라
는 희망이 있기에 현재의 고통과 상실을 참고 견딘다는 것. 이 말
은 곧 인간의 좌절과 행복 걱정과 기쁨은 함께 하는 것이며, 시간
이 지나면 모두 사라지지만, 그것이 그냥 소멸되어 허무하게 끝나
는 것이 아니라, 나중에 다 그리움으로 남게 되어 인생의 의미가
된다는 거야.

푸시킨은 이 시를 스물여섯 살 때 이웃에 살던 열다섯 살 소녀
의 앨범에 써 주었다고 해. 열다섯 살 소녀가 이 시에 담긴 인생의
의미를 알았을까? 그리고 푸시킨 역시 낙서처럼 써 준 이 시가 나
중에 세계적인 명시의 반열에 올라 자신을 세계적 대문호가 되게
하고, 인구에 회자될 줄을 상상이나 하였을까?

푸시킨의 시는 이처럼 거의 대부분 삶과 인생에 대한 긍정을 노래해. 그는 그의 부인인 나탈리아 콘차로바와 함께 한 기념비에 "나는 오래도록 사람들에게 사랑받으리 / 리라로 선량한 감정을 일깨웠고 / 나의 잔혹한 시대에 자유를 외쳤고 / 쓰러진 이들에게 동정을 호소했으므로."라고 쓸 정도로 자기 시에 대한 자부심이 높았단다. 그리고 그러한 그의 면모를 「시인에게」라는 시에서도 찾아볼 수 있어.

> 시인이여! 사람들의 사랑에 연연해하지 말라.
> 열광의 칭찬은 잠시 지나가는 소음일 뿐
> 어리석은 비평과 냉담한 비웃음을 들어도
> 그대는 강하고 평정하고 진지하게 남으라.
> 그대는 황제, 홀로 살아라. 자유의 길을
> 가라, 자유로운 지혜가 그대를 이끄는 곳으로
> 사랑스런 사색의 열매들을 완성시켜 가면서
> 고귀한 그대 행위의 보상을 요구하지 말라.

푸시킨은 러시아 사람들이 가장 사랑하는 시인이며 러시아 문학의 아버지라고 칭송을 받고 있어. 러시아 작가 막심 고골은 "푸시킨은 이백 년에 한 번 나타날 작가이며 인간의 감정을 고양시키고 선을 불러일으켰다."고 평가했지. 그는 한때 정치적 성향의 풍자시를 쓰고 혁명 정신을 정당화하는 시를 써서 유배되기도 했지만, 그러나 그의 시는 삶을 긍정하고 인간의 정신을 드높여 사랑과 자유 기쁨을 고동치는 가슴으로 노래했어. 그는 유럽의 모든 문학 장르를 19세기 러시아에 도입했으며, 시뿐만 아니라 소설, 에세이, 희곡 등 모든 장르에 걸쳐 창작의 불꽃을 피워 러시아 근대문학의 기초를 닦았지.

그는 글을 쓰면서 어휘의 부족함을 느끼면 과감히 새로운 단어나 표현을 창안해 내기도 하였단다. 그가 살던 당시에는 황실과 상류 귀족들이 프랑스어로 말을 하고 글을 썼는데, 러시아어는 일반 평민들이나 쓰는 언어로 무시되는 면이 있었대. 그러나 당시 귀족으로 러시아어와 프랑스어 모두를 잘 구사했던 푸시킨은 처음엔 프랑스어로 글을 썼다가 후에 러시아어로 글을 썼고, 그 과정에서 새로운 단어나 표현을 만들어 내기도 하여, 러시아 문학을 푸시킨 이전과 이후로 나누게 할 정도라고 해.

그러나 그의 죽음은 너무나 어이없고 급작스럽고 허망했다. 프랑스 장교 조르주 단테스가 푸시킨의 아내인 줄 알면서도 나탈리아 콘차로바에게 적극적으로 구애하는 사건이 일어났어. 이로 인해 푸시킨은 아내와 단테스의 부적절한 관계에 질투를 느꼈고, 결국 두 사람은 1837년 2월 7일 법으로 금지되어 있던 결투를 벌였어. 그리고 그 결투에서 부상을 입은 푸시킨은 상처가 악화되어 서른여덟 살에 사망했다.

명호야.

나는 이 시를 언제 처음 읽었는지 기억에 없다. 아마 성인이 되어 이발소나 다방에 드나들 때 벽에 걸린 액자에서 읽었을 것이다. 지금은 그런 일이 거의 없지만 예전에는 이발소나 다방 벽에 밀레의 「만종」이나 「이삭줍기」 같은 그림, 그리고 '가화만사성家和萬事成' 같은 글귀가 들어 있는 액자가 걸려 있곤 했어. 아마도 그때이 시를 처음 보았을 테고, 나도 모르는 사이 이 시의 첫 구절을 기억하게 되었을 거야.

삶이 그대를 속일지라도
슬퍼하거나 노여워하지 말라.

자신이 원하는 대로 삶이 살아지지 않을 때 우리는 슬퍼하거나화를 내게 되지. 삶은 지금 여기라는 현재에 살지만 희망(마음)은미래에 두고 살아. 그러나 미래에 둔 희망처럼 삶이 살아지는 경우는 많지 않아. 미래는 현실을 늘 배반한다. 그래서 시에서처럼"현재는 늘 슬픈 것"이 되지. 아, 그럼에도 또 미래에 둔 마음(희망)은 현실의 슬픈 삶을 견인하는 밧줄과 같은 역할을 해. 그리고 이처럼 미래와 현재가 상호 작용하는 삶도 시간이 지나면 순간적으로 사라지고, 우리는 또 그것을 그리워하게 되는 것이다. 현재의삶은 괴롭고 슬프지만, 마음만은 미래의 희망에 두어, 기쁜 날이올 것을 기대하며 살자는 인생의 권유가 이 시에 담겨 있어.

외로움과 자유의 왕자

⟶

알바트로스

샤를 보들레르

뱃사람들은 자주 장난삼아
커다란 바닷새 알바트로스를 붙잡는다.
험한 심연 위로 미끄러지듯 항해하는 배를 따라
무심히 날고 있는 이 바닷새를.
뱃사람들이 갑판 위로 끌어내리자
이 창공의 왕자들은, 어색하고 창피하여

가엾게도 그 크고 흰 날개를
노처럼 양 옆구리에 늘어뜨린다.

이 날개 달린 항해자 얼마나 서투르고 무력한가!
한때 그토록 아름답던 그가 어찌 이리 우습고 추악한가!
어떤 이는 짤막한 파이프 담뱃불로 그 새의 부리를 지지고,
어떤 이는 절뚝절뚝 불구자 같이 그 새를 흉내낸다.

시인도 폭풍 속을 넘나들고 사수를 비웃는
이 구름 위의 왕자 같아라.
야유의 소용돌이 속 지상에 유배되니
그 거인의 날개가 걷기조차 방해하네.

명호야.
바닷새 알바트로스*를 모르면 인터넷으로 한번 찾아봐. '알바

알바트로스 : 번식기 이외에는 먼 바다에서 생활하는 해양성 조류. 긴 날개를
이용해 바다 위에서 몇 십분 동안 날기도 한다.

트로스'는 실재하는 거대한 바닷새야. 봉황이나 붕새, 불사조 같은 새들은 상상 속에나 존재하는 전설의 새이지만, 알바트로스는 실제로 존재하는 새야. 날개를 펴면 최대 길이가 3.5미터를 넘으며 발에는 커다란 노와 같은 물갈퀴가 달려 있어. 알바트로스는 한 번 날개를 펴면 몸의 그림자가 바다를 덮고 만 리를 간다 하여 '신천옹信天翁'이라고 한다고도 해. 6일 동안 한 번의 날갯짓도 없이 하늘을 날 수 있고, 바람이 강할수록 그 바람을 이용하여 세상에서 가장 멀리 가장 높이 날 수 있는 새이기도 하지.

그런데 배를 타고 항해하는 사람들은 배를 따라다니는 습성이 있는 이 알바트로스를 심심풀이로 자주 잡는다고 해. 알바트로스는 하늘에서는 한 번의 날갯짓으로 바다를 횡단하지만 땅에서는 오히려 그 긴 날개와 물갈퀴가 걷거나 뛰는 데 방해가 되어 뒤뚱거리는 모습이 우스꽝스럽다고 해. 그리고 아무리 긴 날개를 퍼덕여 날려 해도 날지 못해 사람들에게 쉽게 붙잡힌다고 해.

샤를 보들레르(1821-1867)는 프랑스를 대표하는 시인이자 19세기 가장 위대한 시인으로 인정받고 있어. 그는 '상징주의'라는 문예사조의 문을 열어 20세기 세계문학에 지대한 영향을 끼쳤지. 그는 미술 평론가로, 시인으로, 소설가로 작품을 연달아 발표하면서 프랑스 문학에 커다란 충격을 주었어. 에드거 앨런 포의 작품을 번역하여 소개하기도 했으며, 1857년 젊은 시절부터 다듬어 온 시를 정리해 『악의 꽃』이라는 시집을 펴냈어. 그러나 이 시집이 미풍양속을 해친다는 이유로 당국으로부터 벌금과 함께 수록된 시 여섯 편을 삭제하라는 판결을 받았어. 이 사건으로 그는 프랑스에서 공공의 적이자 저주받은 시인이 되었지. 그는 아버지에게 물려받은 유산을 방탕한 생활로 날려 버리고, 평생 빚과 병에 시달리며 고통스럽게 살다 죽었어.

위 소개 시 「알바트로스」도 그의 대학 시절 술과 마약과 섹스에 찌들은 보들레르를 그의 의붓아버지가 그를 친구들과 격리시키기 위해 인도로 보냈는데, 그때 약 9개월 동안의 항해 체험에서 이 시를 쓰게 되었다고 해.

이 시에서 알바트로스는 보들레르 자신이자 '시인'을 상징해. 1연에서 3연까지는 바람이 거셀수록 하늘을 자유롭게 나는 알바트로스가, 뱃사람들에게 붙잡혀 갑판에 끌어 내려지면 걷는 것조차 어색하고 서툴러서, 사람들로부터 조롱과 멸시를 당하는 알바트로스의 숙명을 나타내고 있어. "거대한 바다새", "창공의 왕자들", "날개 달린 항해자", "구름 위의 왕자"는 모두 알바트로스를 가리키는 은유야. 그리고 그런 알바트로스가 붙잡혀 땅에 내려오면 "어색하고 창피한" "서투르고 무력한" "우습고 추악한" 모습이 되어, 그 크고 우아한 날개와 물갈퀴가 오히려 걷고 나는 데 방해가 됨을 드러내지.

보들레르가 보기에 시인도 이와 같다는 거야. 바다를 뒤덮을 듯한 커다란 날개로 창공을 유유히 나는 알바트로스 같은 영혼의 소유자인 시인이 땅에 끌려 내려오면, "야유의 소용돌이 속 지상에 유배되"어, 그 큰 날개가 걷는 데조차 방해되어 멸시와 조롱과 핍박을 받는다는 거지.

나는 이 시를 대학 다닐 때 처음 접했다. 그때의 느낌은 '시인'이란 이런 존재구나 하는 거였어. 현실생활엔 무력하고 서투르고 어색한 존재이지만, 그러나 시인은 하늘을 나는 알바트로스처럼 늘 원대한 이상과 자유를 꿈꾼다. 그러니 그가 이 지상에서 하는 생활이란 외롭고 고독하고 우스꽝스러운 것이며, 그 결과 자연히 사람들로부터 조롱을 당하고 심하면 멸시와 핍박까지 당한다는 거지. 그리고 이러한 면모를 우리는 시인뿐만 아니라 다른 영혼이 위대한 사람들, 예컨대 예술가나 학자, 사상가들을 통해서도 볼 수 있다는 거야. 그들 모두 세상 물정에 어둡고 일상 생활에 취약하다는 공통점이 있어. 그러나 그들에게는 부와 명예와 권력을 탐하기 위해 그악스런 일반인들이 결코 이해할 수 없는 높은 정신세계가 있다는 거지.

명호야.
여기서 하나 생각해 볼 문제가 있어. 곧 시인 또는 예술가의 존재에 대해 자칫 잘못된 생각을 가질 수 있다는 거지. 예술가는 현실을 초월한 존재로, 따라서 자신을 옥죄는 현실에 자학한 나머지 일상생활을 소홀히 하고 주위 사람들에게 고통을 주며, 그리하여 결국 자신의 예술적 재능과 혼마저 파괴하고 마는 것을 경계해야 한다는 거야. 다시 말해 예술가(시인)는 천재적 영감과 예민한 감수성에 사로잡혀 일반인의 상식에 벗어난 기행을 해도 좋다는 말이 결코 아니지. 예술가의 생애를 다룬 영화나 책을 보면 그 예술가의 생애를 신비화 하여 일상의 생활인과 다른 점을 부각하기도 하는데, 이같은 면모는 비현실적인 시각일 뿐이라는 거야. 예술가는 스스로 사회적 통념에서 벗어나 신비한 사고와 행동을 해도 좋다는 자기 환상적 사고에서 벗어나야 한다는 말이지. 이 문제는 '천재적 광기'를 지닌 사람이 늘 가슴에 새겨야 할 말로, 모든 예술의 창조는 일상에서 나오며, 일상을 벗어난 예술가는 존재하지 않음을 이해해야 해.

시인은 외로움을 먹고 자유의 공기로 숨을 쉬는 존재야. 스스로 고독의 성채를 찾아 들어가는 존재이며, 자유의 하늘을 빼앗겼을 때 누구보다 먼저 질식하는 존재야. 대학에 들어가 처음으로 읽은 보들레르의 「알바트로스」는 그후 오랫동안 시를 써 온 나에게 자유의 공기를 내 영혼의 영토에 불어넣어 주었단다. 다른 상징주의 시처럼 난해하지 않고 의미가 분명한 언어로, 창공을 날 때와 땅에 끌려 내려왔을 때의 시인이라는 존재의 이원성에 대해 이 시만큼 적절히 노래한 시를 나는 지금까지 보지 못했단다.

말해질 수 없는 것들의 세계

다문 입으로 파리가 들어온다

파블로 네루다

어째서, 손에 이 붉은 불꽃을 들고
그들은 홍옥을 태울 준비를 하고 있나?

어째서 황옥의 심장은 노란
벌집을 드러내고 있는가?
어째서 장미꽃은 그의 꿈의 색깔을

바꾸면서 좋아하는가?

어째서 에메랄드는 침몰한
잠수함처럼 떨고 있는가?

어째서 하늘은 6월의
별 밑에서 창백해지는가?

어디에서 도마뱀의 꼬리는 신선한
색채의 공급을 받는가?

어디에 카아네이션을 재생시키는
지하의 불이 있는가?

어디에서 소금은 투명한 그의
섬광을 얻는가?

어디에서 탄소는 새까맣게
깨어 있는 잠을 잤는가?

또한 어디에서 호랑이는 슬퍼하는
그의 줄무늬, 황금빛의 줄무늬를 사 오는가?

언제부터 밀림은 그 자신의
향기를 깨닫기 시작했는가?

언제부터 소나무는 그 자신의 향기로운
냄새가 중요한 것을 알게 되었는가?

언제부터 레몬은 태양과 똑같은
법칙을 배우게 되었는가?
 언제부터 연기는 날을 줄 알게 되었는가?

언제 나무 뿌리들은 서로 말을 하는가?

어떻게 물은 별에서 사는가?
어째서 전갈은 독을 품고,
코끼리는 자비로운가?
무엇을 거북은 그렇게 생각하는가?
어디로 그늘은 사라지는가?
무슨 노래를 비는 되풀이하는가?
어디로 새들은 죽으러 가는가?
그리고 어째서 나뭇잎은 푸른 빛을 하고 있나?

우리들이 아는 것은 아주 적고,

그러면서 우리들은 제법 많이 아는 체하고,
아주 느리게나 알게 되기 때문에
우리들은 질문만 하다가 죽고 만다.
차라리 우리들은 이별하는 날의,
죽는 사람들의 도시를 위해서
우리들의 자존심을 간직해 두는 편이 좋을 것이다.
그러면 거기서, 바람이 그대의
해골의 구멍 속을 뚫고 지나갈 때,
그 바람이 그대에게 그대의 귀가 있던
공간을 통해서 진실을 속삭이면서
그런 수수께끼들을 풀어 줄 것이다.

명호야.

파블로 네루다(1904-1973)는 칠레에서 태어났어. 지도를 보면 라틴 아메리카 서해안을 따라 길게 뻗어 있는 세계에서 가장 긴 나라, 그는 그곳에서 태어나 14세 때부터 시를 쓰기 시작했다. 라틴 아메리카의 소박한 민중들의 삶을 노래했던 그는 칠레의 음유 시인이자 국민시인으로 추앙받고 있다. 네루다는 초기에 남다른 감수성을 갖고 자연과 인간 존재에 대한 본질을 탐구하는 시를 썼어. 그러다 후기에 칠레 민중들의 고통과 굴욕과 억압을 외면하지 않고 그들의 삶과 분출되어 나오는 에너지를 시로 썼는데, 위에 소개한 시는 그의 시 가운데 초기시에 해당해. 1953년 레닌 평화상, 1971년 노벨문학상을 수상한 네루다는 시인, 외교관, 공산주의자로 칠레의 민중시인이자 국가적 영웅으로 칭송받고 있지. 20세 때인 1924년 시집 『스무 편의 사랑의 시와 한 편의 절망의 노래』를 펴냈는데, 이 시집에서 그는 애수 어린 사랑을 우아하게 노래하여 대중들의 마음을 사로잡았어. 그는 자신이 쓴 시들이 새 시대의 연인들에게 위안을 주었다는 사실에 놀라, "내가 이해할 수 없는 어떤 기적에 의해, 이 고통스럽게 씌어진 책이 수많은 사람들을 행복한 세계의 길로 안내했다."고 말하기도 했지.

파블로 네루다를 잘 모르는 사람도 영화 「일 포스티노」는 잘 알 거야. 「일 포스티노」의 주인공이 바로 파블로 네루다야. 라틴 아메리카 작가인 안토니오 스카르메타가 쓴 소설 『파블로 네루다와 우편배달부』를 영화화 한 작품이니까. 이탈리아의 가난한 우편배달부 마리오는 첫눈에 반한 소녀 베아트리체의 마음을 사로잡기 위해 네루다에게 시를 써 달라고 조른다. 하지만 네루다는 메타포(은유)를 가르쳐 줄 뿐이지. 시작이 어떠했던 간에 순박한 청년에 불과했던 마리오는 시를 배우면서 점차 성장하고 시를 통해 그는 베아트리체와의 사랑에 골인하게 돼. 내가 이 책의 머리말에 인용한 "시는 시를 쓴 사람의 것이 아니라, 그 시를 필요로 하는 사람의 것이다"와 같은 구절, "내가 쓴 시 구절은 다른 말로는 표현할 수가 없다네. 시란 설명하면 진부해지고 말아. 시를 이해하는 가장 좋은 방법은 감정을 직접 경험해 보는 것 뿐이야." 같은 명대사가 나오는 영화가 바로 「일 포스티노」야.

위 소개 시에서 네루다는 무려 22가지 질문을 퍼부어 댄다. 그런데 그 질문들은 답을 얻기 위해 던지는 질문이 아니야. 우리는 이 질문들에 어느 것 하나 제대로 된 답을 할 수 없어. 왜? 자연의 근원에 대한 질문이기 때문이지. 다시 말해 우리 인간의 인식 능력 밖에 존재하는 세계이기 때문이야. 그런데 이 시를 읽다 보면 우린 어느새 답 없는 질문을 통해 인간의 근원에 대해 묻고 있는 자신을 발견하게 돼. 특별한 기교가 있는 것도 아니고, 시적 긴장이 팽팽한 것도, 그리고 담고 있는 의미가 심오한 것도 아닌데, 우리는 시인이 던지는 질문에 마술처럼 엮여 들게 된다. 그러면서 우리는 유년 시절 자연 속에 성장하면서 가졌던 의문을 이 시를 통해 다시 만나지.

소크라테스였던가. "질문이 정답보다 중요하다"고 말한 사람이. 사물의 본질, 자연의 근원에 대한 질문에 대하여 시인은 이 시의 맨 마지막 연에서 이렇게 말한다. "우리들이 아는 것은 아주 적고, / 그러면서 우리들은 제법 많이 아는 체하고, / 아주 느리게나 알게 되기 때문에 / 우리들은 질문만 하다가 죽고 만다"고. 우리는 기껏해야 자연의 근원에 대해 질문하고 그에 대한 답을 얻더라도 "아주 느리게 알게 되기 때문에 / 우리들은 질문만 하다 죽고 만다"는 거야. 나는 이 시를 읽으면서 소름 돋는 전율과 인식의 확장을 느낀 적이 있는데, 바로 이 시의 끝부분에서야. 우리는 제법 많이 아는 체하지만 그러나 아주 느리게 알기 때문에 결국 질문만 하다 죽는다는 것. 명호야. 넌 어떠니? 너도 이런 생각해 본 적 있지 않니?

너에게는 좀 어렵게 들리겠지만, 자연의 근원, 사물의 본질은 비트겐슈타인* 식으로 말하면 '말해질 수 없는 세계'이고 노자*의 '도道'에 해당하는 세계이며, 『어린 왕자』의 '눈에 보이지 않는 세계'일 것이다. 우리는 그 세계에 대해서는 침묵할 수밖에 없어. 그 세계를 드러내기에는 인간이 갖는 언어의 한계가 너무나 명백하기 때문이야. 그런데 시인은 이어서 다음과 같이 말한다.

"바람이 그대의 / 해골의 구멍 속을 뚫고 지나갈 때, / 그 바람이 그대에게 그대의 귀가 있던 / 공간을 통해서 진실을 속삭이면서 / 그런 수수께끼들을 풀어줄 것이다." 이 구절의 의미를 가만히 생각해 보면 죽은 뒤 남은 해골 구멍 속을 지나는 바람이 앞에서 한 질문들에 대한 답을 속삭여 준다는 것, 그렇게 자연이 비밀의 수수께끼를 풀어 준다는 거야.

비트겐슈타인 : 오스트리아의 철학자. 20C 언어철학의 기초를 세움.
노자 : 중국 춘추시대의 사상가. 도가의 창시자로 『도덕경』을 지음.

내가 파블로 네루다의 이 시를 처음 만난 것은 대학 다닐 때였다. 기억이 가물가물하지만 아마도 『창작과 비평』 영인본에 실려 있던 김수영 시인의 번역을 통해서였을 거야. 네루다의 다른 시도 있었지만, 유독 이 시 「다문 입으로 파리가 들어온다」가 기억에 남아 있는 것을 보면, 아마도 이 시가 나의 시 세계에 그리고 세계관 확장에 아주 중요한 영향을 미쳤기 때문인 것으로 보인다.

제목 "다문 입으로 파리가 들어온다?"의 의미가 무엇일까? 그것은 곧 죽음이야. 죽은 후 남은 해골 틈으로 파리가 들어온다는 거야. 나는 이 시를 통해 눈에 보이지 않는 세계, 곧 삶과 마주하는 죽음의 세계에 대해 처음으로 인식하게 되었어. 다시 말해 나는 이 시를 통해 삶이란 죽음과 함께 하는 것이라는 삶의 '총체성'을 깨닫게 되었던 거지. 그 전까지는 나에게 삶이란 눈에 보이는 현실 세계가 전부였거든. 그런데 이 시를 접하는 순간 삶은 그렇게 눈에 보이는 현실 세계가 전부가 아니라, 눈에 보이지 않는 세계가 있으며, 그 세계야말로 진정한 삶의 실체일지도 모른다는 것을 깨닫게 된 거야.

인생의 청춘기에 접어든 대학생인 나에게 눈에 '보이지 않는 세계의 진실성'을 깨우쳐 준 시인 네루다. 그는 라틴 아메리카의 자연 풍광을 우아하고 아름답게 그린 자연 친화적 감수성의 시인이었어. 또한 그는 민중을 사랑하고, 군부 파시즘에 맞서 조국 칠레의 민주화를 염원하는 시를 써 칠레의 국민시인으로 사랑받게 되었지. 나는 이 시를 통해 네루다를 처음 안 이후 그의 다른 시와 시집, 자서전 『추억』 등을 찾아 읽었다. 그의 말 가운데 또 잊히지 않는 말이 있다.

"리얼리스트가 아닌 시인은 죽은 시인이다. 그러나 리얼리스트에 불과한 시인 또한 죽은 시인이다."

이 말은 시인이면서 자신이 살고 있는 현실을 외면하는 시인은 죽은 시인이라는 거야. 그리고 오로지 현실만을 시에 담아 내려 하는 시인 또한 죽은 시인이라는 거지. 그래서일까? 네루다의 시는 민중 친화적 시선을 바탕으로 그들이 처한 억압 희생 폭력 희망에 대해 노래하면서도, 사랑의 정열과 고독과 외로움을 우아하게 그려 내고 있어.

네루다의 시는 나에게 단지 내가 시를 쓰는데 깊은 영향을 미쳤을 뿐 아니라 내 인생의 준거틀을 형성하는데 심오한 영향을 미쳤다. 처음으로 나에게 세계의 전체성을 깨닫게 해 준 이가 시인 네루다였고, 그 시가 청춘기에 읽었던 「다문 입으로 파리가 들어온다」였다.

음악의 선율에 녹아든 시

겨울에

게오르그 트라클

들이 하얗고 차갑게 빛난다
드넓게 펼쳐진 적막한 하늘.
늪 위에 까마귀 떼 날고
숲을 내려오는 사냥꾼들.
나무마다 깃든 적막함

한 줄기 불빛이 오두막에서 새어 나온다.
어디 멀리서 썰매의 방울 소리 울리고
천천히 잿빛 달이 뜬다.

숲 가의 들짐승이 가만히 피를 쏟는다.
까마귀 떼가 핏빛 도랑에서 철벅거린다.
우뚝 선 노란 갈대는 바람에 흔들린다.
서리, 연기, 텅 빈 숲속의 발자국 하나.

명호야.
이번에 내가 소개하는 게오르그 트라클의 시는 시가 음악과 어
우러져 내 청춘의 한 시기에 깊은 정서적 영향을 끼쳤어. 이 책에
서 소개하는 대부분의 시가 시 자체로 내 인생에 영향을 주었다
면, 이번에 소개하는 「겨울에」는 시가 음악과 어울려져 내 인생의
성장에 영향을 준 독특한 경우야. 시와 음악. 원래 시에는 그림(이
미지)이 있고, 음악(운율)이 녹아 들어 있어. 그래서 시에는 회화
적 요소와 음악적 요소가 있다고 하지.

게오르그 트라클을 유럽 표현주의의 대표 시인이라고 해. 그는

1887년 오스트리아의 잘츠부르크에서 여섯 남매 중 넷째로 태어났어. 열여섯 살 때부터 약물과 마약에 손대기 시작했고, 누이와의 근친상간적 관계가 그의 정신 세계를 우울과 죄의식 광기로 몰아넣었지. 1914년 위생병과 장교로 1차 세계대전에 참전하기도 했지만, 전투와 그에 따른 수많은 부상병들의 끔찍한 모습을 보고 충격을 받아 자살을 시도하기도 해. 그러나 자살은 실패로 끝나고 그 후 얼마 지나지 않아 결국 스물일곱 살의 젊은 나이에 약물 중독으로 생을 마감하였다.

그를 두고 흔히 '표현주의 대표 시인'이라고 하는데, 표현주의란 객관적인 사실보다는 사물이나 사건에 의해 야기되는 주관적 감정과 반응을 표현하는데 주력하는 예술 사조를 말해. 표현주의의 주요 주제는 도시 생활에서 오는 불안과 공포로, 독일에서 시작되어 오스트리아, 프랑스, 러시아를 중심으로 퍼져 나갔어. 화가 중에 빈센트 반 고흐, 에르바르트 뭉크 등의 작품에서 표현주의적 요소를 찾아볼 수 있는데, 허무와 불안 좌절 절망 같은 주관적 감정을 강렬한 색채를 통해 표현하였지. 이러한 독일 표현주의는 나치가 모든 표현주의 작품을 퇴폐적인 것으로 규정해 소탕령을 내려 판매 금지시킴으로써 끝나고 말았다.

트라클의 시를 읽을 당시 나는 방위(공익근무)를 받고 있었다. 1981년 교직에 첫발을 딛고 근무하다 영장이 나와 청양군 관리대에 근무하면서 그 근처에서 자취를 하고 있었다. 그 당시 나는 허름한 농가 자취방에서 시 쓰기와 고전음악에 심취해 있었어. 가브리엘 가르시아 마르께스의 소설 『백 년 동안의 고독』이나 독일 시인 고트프리트 벤의 『시체공시소』 같은 시집을 그때 읽었으며, 클래식 가운데 특히 베토벤의 음악에 빠져들었다. 듣고 또 듣고 또 들어 아예 음악을 듣지 않으면 잠을 이룰 수 없을 지경으로 빠져들었던 베토벤. 그의 음악 가운데서도 나는 특히 「피아노 협주곡 4번」을 좋아했다. 1장을 열어젖히는 딴따라 ~ 라 ~ 라로 시작되는 피아노 독주. 나는 그 피아노 독주 부분을 오랜 세월이 지난 지금까지도 잊지 못한다. 그리고 그 뒤에 이어지는 관현악 중심의 오케스트라의 부드럽고 편안한 선율. 그 물 흐르는 듯한 선율에 한 구절 한 구절 녹아들던 게오르그 트라클의 시 「겨울에」.

명호야.
베토벤의 「피아노 협주곡 4번」과 트라클의 시 「겨울에」가 안고 있는 분위기는 서로 대조적이야. 베토벤 협주곡은 따뜻하고 다정하고 부드럽고 섬세한 데 비해 트라클의 시는 비탄에 젖어 있고 암울하며 절망적인 분위기를 띠고 있지. 그런 두 예술 세계를 접하며 격렬한 충돌에서 오는 미묘한 감정에 나는 휩싸이곤 했단다.
이 시의 내용을 요약하면 이렇게 될 거야.

서리가 내려 하얗고 차갑게 빛나는 들. 하늘은 드넓게 펼쳐져 있는데 적막하다. 늪엔 까마귀 떼 날고, 사냥을 마치고 내려오는 사냥꾼들. 멀리서 오두막 불빛이 비치고, 썰매의 방울 소리 들리고, 잿빛 달이 떠오른다. (사냥꾼에 희생된) 들짐승이 피를 쏟으며 죽어 가고, 까마귀 떼가 몰려들어 핏빛 도랑에서 철벅거린다. 서리 내린 마을에선 연기가 피어오르고, 숲에 남은 발자국 하나.

이와 같이 소개 시 「겨울에」에 담겨 있는 정조*는 고독과 우울, 쓸쓸함과 불안이다. 원경으로 제시된 "오두막의 불빛"이나 "썰매의 방울소리"가 삶의 희망을 암시하고 있긴 하지만 , 그러나 그 암시된 희망은 "죽어가는 들짐승", "까마귀 떼", "잿빛 달" 같은 눈앞의 근경(현실)에 가려져 빛을 잃는다.

내가 트라클의 시에서 이와 같은 고독과 쓸쓸함을 더욱 느꼈던 것은 그 당시 나의 처지와 무관해 보이지 않는다. 폐쇄된 군부대 생활과 조악한 방위 생활에서 오는 압박감과 절망감은 비록 출퇴근 하는 방위 생활이었지만 나의 자유 의지를 억누르기에 충분했다. 그런 가운데 현실 세계에서 벗어나려는 나의 의식이 시와 베토벤에 더욱 깊게 빠져들게 하지 않았나 싶다.

독일의 철학자 하이덱거는 그의 책 『언어로의 도상에서』에서

정조情調 : 어떤 사물에서 풍기는 독특한 분위기나 정취.

게오르그 트라클의 시어에 대해 분석한 적이 있다. 하이덱거는 "인간이 말하기 이전에 이미 그에 앞서 언어가 말한다"는 사실을 강조해. 이 말은 인간은 입으로 하는 말 이전에 무의식 속에서 이미 한 말을 그대로 입 밖으로 한다는 거야. 곧 인간의 무의식에 내재된 언어가 하는 말을 인간(시인)이 귀기울여 들을 때 자신의 본질과 만나게 된다는 거야. 그렇게 본다면 고독과 우울, 공포와 절망에 사로잡혀 있는 무의식이 하는 말에 시인인 게오르그 트라클은 충실히 귀기울였으며, 그 결과 씌어진 것이 그의 시라고 할 수 있겠지.

아무튼 1차 세계 대전* 속에서의 유럽의 황폐함과 약물과 근친상간적인 사생활은 그를 극도의 불안과 절망 속으로 밀어넣었고, 그러한 내면의 광기를 시로 표현했다는 점에서 그의 시의 독특함이 있다고 할 수 있겠다.

1차 세계 대전 : 1914-1918년에 일어난 세계 대전.

뜰 앞의 가을 소리

꠲

권학문^{勸學文}

주희

소년은 늙기 쉽고 학문은 이루기 어려우니
아주 짧은 시간이라도 가벼이 여기지 말아라.
연못가의 봄풀이 파릇파릇 돋아나는가 싶었는데
뜰 앞의 오동나무 이파리는 벌써 가을 소리를 내네.

少年易老學難成 소년이로학난성

一寸光陰不可輕 일촌광음불가경

未覺池塘春草夢 미각지당춘초몽

階前梧葉已秋聲 계전오엽이추성

명호야.

너 『명심보감』이라는 책 들어봤지? 『명심보감』은 잘 알려져 있다시피 고려 후기 문신인 추적이 중국 고전에 나온 선현들의 금언과 명구를 모아 엮은 책이야. 아동 학습용으로 만든 이 책은 모두 25장으로 되어 있는데, 그 마지막 장이 학문을 권장한다는 뜻의 「권학편」이야. 그런데 이 장에 위의 소개시와 중국 송나라 때의 유학자인 주희의 또 다른 글, 그리고 도연명의 시와 순자의 글이 수록되어 있어.

시의 내용은 말 그대로 세월은 나를 기다려 주지 않으니 젊었을 때 시간을 아껴서 열심히 공부하라는 것이지. 내가 이 시를 처음 접한 것은 1984년 3월이다. 연도를 정확히 기억하는 것은 그 당시 나는 군 복무를 마치고 충남 공주에 있는 공주농업고등학교현 공주생명과학고에서 1학년 담임을 하고 있었기 때문이야. 너도 잘 알다시피 3월은 교사에게 어느 때보다 바쁜 달이다. 첫 학기가 시작되는 3월에 학교의 기본적인 한 해 계획과 업무가 거의 다 마련되며, 게다가 담임까지 맡게 되면 새로 맡은 반 학생 파악에 교실 정리, 출석부 정리, 각종 기초자료 조사 정리, 생활 기록부 준비 등 눈코 뜰 새 없게 된다. 그런 여러 일 가운데 빼놓을 수 없는 일이 학급환경을 정리하는 일이야.

나는 교실 뒤 학급 게시판을 어떻게 꾸밀지 고심하고 있었다. 그러던 차에 학교에 근무하는 전 주사*라는 분이 붓글씨를 잘 쓴다는 말을 들었지. 나는 그에게 붓글씨를 부탁해 그것을 액자에 넣어 교실 뒤 게시판에 걸어 놓기로 하였다.

"붓을 안 잡은 지 오래돼서 안 돼유."

나의 부탁에 그가 두 손을 설설 내저으며 거절했다.

"그러지 말고 써 줘요. 글귀는 전 주사님이 알아서 골라서, 우리 반 학생들에게 도움이 될 만한 것으로 써 줘요. 학생들이 아침저녁으로 읽어서 마음에 새길만 한 것으로."

안 된다는 것을 억지로 조르다시피 하여 나는 그의 글씨를 받아 냈다. 그는 세로로 자른 화선지에 위 시 가운데 첫 두 구절을 붓으로 써 주었다.

주사 : 6급 행정직 공무원

나는 그가 써 준 글씨를 표구해 교실에 걸어 놓고, 학생들에게 그 뜻을 설명해 주었다. 그러면서 맨 마지막 두 구절이 인상 깊게 기억에 남았다. 너도 잘 알다시피 시간의 소중함을 이야기하는 글귀나 격언은 동서양을 막론하고 수도 없이 많잖아? 시간은 금이다 같은 말을 비롯해, 도연명의 시에 나오는 "세월부대인歲月不待人", 그리스 철학자인 소포클래스가 한 말 "내가 헛되이 보낸 오늘 하루는 어제 죽어간 이들이 그토록 바라던 하루이다"와 같은 말들이 모두 시간의 소중함을 나타내는 말들이지.

그런데 나는 물 흐르듯 빠르게 흘러가는, 그래서 우리가 아끼지 않으면 안 되는 시간에 대해 주희의 「권학문」에 나오는 글귀처럼 실감 나고 낙차 있게 표현한 글을 보지 못했어.

"연못가의 봄풀이 파릇파릇 돋아나는가 싶었는데 / 어느새 가을이 되어 뜰 앞의 오동나무 이파리가 가을 소리를 내며 지고 있네."

봄인가 싶었는데, 어느새 가을이라는 거다. 그새 일 년 세월이 다 갔다는 말이지. 그렇게 눈 깜짝할 새 없이 세월은 가니, 정신 차리고 자기 공부에 열심히 매진하라는 것이지. 정말 대단하지 않니? 세월의 빠름을 이렇게 압축적으로 표현한 글이 또 어디 있겠니?

그 후 나는 학교를 옮겨 게시판에 걸어 놓았던 액자는 어떻게 되었는지 기억에 없다. 아마도 여기저기 학교를 옮기는 동안 나도 모르는 사이 사라졌겠지. 그런데도 그 글귀는 또렷이 내 기억에 남아, 내가 다른 학교로 옮겨갈 때마다 나는 학생들에게 이 글귀를 칠판에 적어 소개해 주었어. 학교 운동장에 봄이 되어 풀이 파릇파릇 돋아나고 있는데, 눈 깜짝할 사이 가을이 되어 그 풀들이 누렇게 시들 것이라고. 그때쯤이면 우리도 한 학년을 거의 마치고 상급학년으로 진급할 것이라고. 그러니 우리 시간을 아껴 일 년 동안 열심히 공부해 보자고.

나는 학교를 떠난 지금도 이 시의 구절을 속으로 되뇔 때가 있다. 봄이 되어 산에 갈 때 검은 나뭇가지에 연두의 잎들이 붓끝으로 찍은 듯 촘촘히 돋아날 때, "미각지당춘초몽未覺池塘春草夢을 외고, 어느덧 그 잎들이 여름 지나 가을이 되어 우수수 떨어질 때 "계전오엽이추성階前梧葉已秋聲"을 외는 것이다. 그러면서 한 해가 가고 있음을 절감하고, 세월의 무상함을 자탄하기도 하지. 시간을 헛되이 보내지 않으려 잠깐 동안 낮잠 자는 것도 아까워했는데, 지나고 보니 어느덧 시간은 물 위에 떠가는 꽃잎처럼 나를 스쳐 그렇게 지나가 버렸다.

명호야.
여기서 우리는 『명심보감』 「권학편」에 나오는 위 시와 같은 의미를 담고 있는 도연명의 시를 더 읽어 보자. 돈으로도 살 수 없는 시간의 소중함을 강조하는 마음은 예나 지금이나 똑같은 것 같다.

도연명의 시

성년은 두 번 다시 오지 않고
하루도 두 번 날이 새지 않으니
젊었을 때에 마땅히 하는 일에 힘쓰라
세월은 사람을 기다려주지 않는다

盛年不重來 성년부중래
一日難再晨 일일난재신
及時當勉勵 급시당면려
歲月不待人 세월부대인

귀신들이 몰려온다

추래秋來
- 가을의 무덤 속

이하

오동에 바람 이니
벌써 가을인가
꺼져가는 등불 밑에 귀뚜라미
눈물을 짜개질하는 밤.
누군가? 나의 서러운 한 권의 시집을
소중히 읽어 벌레 먹지 않게 할 이

삶은 애처로워 창자 곧추서는데
차운 비 타고 찾아오는
어여쁜 혼아!
가을의 무덤 속, 나는 죽어
포조鮑照 시를 외고
피도 한스러워 천년을 푸르리라

桐風驚心壯士苦 동풍경심장사고
衰燈絡緯啼寒素 쇠등락위체한소
誰看靑簡一編書 수간청간일편서
不遣花蟲粉空蠹 불견화충분공두
思牽今夜腸應直 사견금야장응직
雨冷香魂弔書客 우냉향혼조서객
秋墳鬼唱鮑家詩 추분귀창포가시
恨血千年土中碧 한혈천년토중벽

명호야.

이번에는 중국 시인의 시에 대해 이야기한다. 중국 시인 하면 떠오르는 사람이 이백과 두보겠지? 그런데 나에게 더 영향을 끼친 사람은 이하라는 시인이야. 어쩌면 너는 처음 들어 보는 사람이겠구나.

이하(790~816)는 중국 당나라 때의 시인이야. 시 제목 '추래秋來'는 '가을이 오다'라는 뜻인데, 이원섭 씨는 '가을의 무덤 속'으로라는 부제를 달아 번역했다. 시 11행의 포조(420-479)는 중국 남조 시대의 시인이야. 포조는 출신이 미천하여 벼슬길에 어려움이 많아 일생을 불우하게 살았지만, 그의 시는 가사가 아름답고 품격이 빼어났다고 해. 그의 대표작인 「행로난行路難」은 인생은 살기 어렵다는 뜻으로, 불우한 자신의 신세에 대한 분노를 토로하여 권문세가의 불만을 샀다고 한다.

글 첫머리에 이런 이야기를 하는 것은 소개 시에 대한 이해를 돕기 위해서야. 이하는 일곱 살의 어린 나이에 시를 지어 당대 대문장가였던 한유韓愈를 놀라게 할 정도로 문학적 재능이 뛰어났으나, 사소한 문제로 과거시험에 응시할 자격을 박탈당한 후, 실의에 빠져 지내다 스물일곱 살의 젊은 나이로 병을 얻어 죽었다고 해. 그는 생전에 214편의 시를 남겼으며, 계속되는 생활고와 시대에 대한 울분으로 이십 대에 이미 머리가 하얗게 세어 백발이 되었다고 한다. 그러니까 이하는 자기보다 이백여 년 앞서 세상을 불우하게 살았던 포조라는 사람의 삶에 공감하고, 그의 시를 읽으면서 자신의 처지를 위안받았음을 알 수 있지.

나는 이 시를 대학 다닐 때 현암사에서 나온 『당시唐詩』라는 책에서 읽었다. 당시를 번역한 사람은 많지만, 나는 이원섭 씨의 번역이 가장 마음에 들었다. 나는 이하의 시를 청년 시절에 처음 읽었는데, 그때의 충격은 마치 어제의 일인 듯 지금도 생생하게 기억에 남아 있어. 그때 내가 읽었던 이하의 다른 시 가운데 귀신을 맞이하는 노래라는 뜻의 「신현곡」이 있었는데 그 시도 소개해 본다.

신현곡神絃曲

해가 지고
어둠이 깔리면
귀신들이 온다. 바람에 불려
말을 타고 구름을 차면서.

땅에서는 풍악이 일고,
우는 듯 흐느끼는 듯 비파소리, 닐리리 피리 소리.

무당은 사르르 치마를 땅에 끌어
춤을 춘다, 가을을 밟고,

계수나무 잎사귀 바람에 떨며
계수나무 열매는 떨어지고

살쾡이는 피를 토하여 울고
여우는 겁에 질려 죽는다.

벽에 그린 용을 타고, 금빛
꼬리를 뒤트는 규룡虯龍 휘몰고

비의 신雨神은
못 속으로 들어가고

백살 먹은 올빼미는 도깨비가 된다.
고목에 살기 고목도깨지.
웃음 소리, 푸른 불빛
둥우리에 사위롭다*.
어떠니? 내가 놀랐던 것은 그동안 내가 알고 있던 중국의 한시,
예컨대 도연명이나 이백, 두보, 소동파 같은 사람의 시와 이하의
시는 달라도 너무 달랐다는 거야.

중국의 한시가 일반적으로 조화와 균형을 중시하고 자연과 현실 세계를 그려낸 것으로 알고 있었는데, 이하의 시는 전혀 그렇지 않았어. 그는 중국의 시풍과는 전혀 다르게 자신의 감정을 거침없이 드러냈으며, 시의 소재로 취한 것도 술이나 꽃, 이별, 사랑 같은 것이 아니라 귀신, 무당, 도깨비, 무덤 같이 전혀 이질적인 것이었어. 그런 음침하고 기괴한 소재를 통해 이하는 환상적이면서 비장하고 그만의 그로테스크한(기괴한) 울분의 정서를 표현해 냈던 거야.

위에서 소개한 시 두 편만 보아도 우리는 이하의 시 세계가 어떠한지 짐작할 수 있겠지? 누구보다 뛰어난 시적 재능이 있었음에도 과거시험을 볼 수 없어 출세길이 막히고, 그 결과 처절한 가난과 궁핍 속에서 스물일곱 살에 머리칼이 하얗게 세어 병들어 죽기까지, 그가 시를 쓰면서 달랬을 고독과 울분을 우리는 위 시에서 느낄 수 있지.

이하의 시를 번역한 이원섭 씨는 시 「추래秋來」에 대한 짧은 평에서 이렇게 말하고 있다.

사위롭다 : 일어난다.

이하의 시에는 곧잘 귀신이 등장한다. 미녀의 혼이 찾아오는 정도를 넘어 자기가 죽어서 귀신이 되어 있다. 그가 현실에 살고 있었을 때, 그는 동시에 저승 사람이기도 하였던 것이다. 누구라도 등에 죽음을 걸머지고 있는 것은 사실이지만, 그의 경우는 살아 있음과 함께 죽어 있었던 것이니, 무서운 일이 아닐 수 없다.

그래서인지 사람들은 그를 '당시사걸唐詩四傑'의 한 사람으로 평가하고 있어. 당나라 때 시인이 2,200여 명 정도인데 그 많은 시인 가운데 이백, 두보, 왕유, 이하를 그렇게 부른다고 해. 이하보다 훨씬 유명한 한유나, 백낙천, 이상은 등이 있지만, 이들보다 이하를 꼽는 것은 그의 개성 때문이라고 해. 이에 대해 오꽝일은 『당시사걸1』에서 이렇게 쓴다.

왕유는 맑고 고요한 데다 선적禪的인 취미와 그림에 대한 뜻이 넉넉하게 담겨 있어 '시불詩佛'이라고 한다. 이백은 청신하고 뛰어난 재주에 신선적인 기질이 있다 해서 '시선詩仙'이라고 하고, 두보는 깊고 진지한 심성으로 백성들과 함께 숨쉬며 그들과 아픔을 함께 했으므로 '시성詩聖'이라 일컫는다. 또 이하는 신비하면서도 그윽한 귀기鬼氣가 서려 있다고 해서 '시귀詩鬼'라는 별호를 얻게 되었다.

명호야. '시귀詩鬼', 시의 귀신. '중국 시단의 이단'으로 불리는 이하의 시 가운데 나에게 가장 큰 정서적 충격을 안겨 준 것은 위에 소개한 시 「추래秋來」였다. 특히 5~6행의 "누군가? 나의 서러운 한 권의 시집을 / 소중히 읽어 벌레 먹지 않게 할 이," 이 부분이었어. 이 구절의 뜻을 풀어 말하면 이하 자신이 쓴 시를 후대의 누가 읽어서 자기 시를 적은 대쪽(시집)이 좀먹지 않게 하겠는가야. 그리고 이에 대해 예언이라도 하듯 마지막 구절을 "한 맺힌 피는 천년 내내 땅속에서 푸르리라"라고 하여, 자기 시가 천년 동안 땅속에서 썩지 않고 푸를 것임을 노래하고 있지.

이하는 평소에 나귀를 타고 외출할 때는 늘 등 뒤에 낡은 주머니를 메고 다녔다고 한다. 그렇게 다니다 좋은 싯구가 떠오르면 그것을 적어 주머니에 넣고, 집에 와 그 쪽지를 꺼내 밤새도록 시를 완성했다고 해. 그는 만취했든 제 정신이든 이렇게 시 쓰는 일을 멈추지 않았다고 해. 아마도 과거시험을 볼 수 없어 출세의 길이 막혀 버린 그에게 시는 그가 의지하고 위안을 받을 수 있는 유일한 피난처였을 것이다.

4월은 잔인한 달

⟶⟩⟩

황무지

T.S 엘리엇

1부. 죽은 자의 매장

4월은 가장 잔인한 달
죽은 땅에서 라일락을 키워내고
추억과 욕망을 뒤섞고

잠든 뿌리를 봄비로 깨운다.

겨울은 오히려 따뜻했다, 잘 잊게 해주는

눈으로 대지를 덮고

마른 구근球根으로 약간의 목숨을 대어주었다

슈타른버거호 너머로 소나기와 함께 갑자기 여름이 왔지요.

우리는 주랑柱廊*에 머물렀다가

햇빛이 나자 호프가르텐 공원에 가서

커피를 들며 한 시간 동안 얘기했어요.

저는 러시아인이 아닙니다. 출생은 리투아니아지만

진짜 독일인입니다.

어려서 사촌 태공의 집에 머물렀을 때 썰매를 태워줬는데 겁이

났어요.

그는 말했죠. 마리 마리 꼭 잡아.

그리곤 쏜살같이 내려갔지요.

산에 오면 자유로운 느낌이 드는군요.

밤에는 대개 책을 읽고 겨울엔 남쪽에 갑니다.

(이하 생략)

주랑 : 기둥만 있고 벽이 없는 복도.

176

명호야.

내가 학교에 근무할 때 4월이면 수업 시간에 학생들에게 꼭 해 주는 이야기가 있었어. 먼저 깨끗하게 지운 칠판에 이렇게 썼다.

"사월은 (   ) 달"

그런 후 괄호 안에 들어갈 말을 맞혀 보라고 해. 학생들은 저마다 열을 내어 여러 답을 내놓지. 그러나 모두 틀렸다. 잠시 후 내가 칠판에 '잔인한'이란 말을 쓰면 학생들은 전혀 생각지도 못했다는 듯이 눈이 휘둥그레졌어. 왜요? 왜 잔인한 달이에요? 저마다 말도 안 된다는 듯한 표정으로 묻곤 했지. 그런데 그 와중에도 한 반에 한두 명은 "아 맞아, 나 저 얘기 들어 봤어. 저거 전에 티비에 나왔었어."하며 아는 체했다. 그제야 나는 이 말이 T.S 엘리엇(1888~1965)의 시 「황무지荒蕪地」의 첫 구절임을 말해 주고, 왜 4월이 잔인한 달인지에 대해 다음과 같이 '내 식대로' 설명했다.

"겨우내 얼어 있던 땅 속 뿌리들이 봄에 내린 빗방울이 땅에 스며들어 '잠든 뿌리'들을 깨울 때, 뿌리의 입장에서 보면 얼마나 귀찮고 짜증나겠어. 조금만 더 자고 싶은데 빗방울들이 찾아와 "야

일어나. 이제 그만 일어나 일해야 돼" 하고 깨우면, 계속 자고 싶은 뿌리는 죽을 맛이 아니겠냐고. 그런데 이때 깨워서 일어나는 뿌리는 산 뿌리이고, 깨웠는데도 일어나지 않는 뿌리는 죽은 뿌리라는 것. 더 자고 싶은 유혹을 뿌리치고 잠에서 깨어나야 하기 때문에 사월은 '잔인한' 달이라고. 우리도 지금 잔인한 달 4월을 지나고 있다고. 다시 깨어난 뿌리가 되어 우리가 꾸는 꿈(새싹)을 세상에 밀어올리고 있다고."

그만큼 이 시의 첫행 "4월은 가장 잔인한 달"은 널리 알려져 사람들 입에 회자膾炙되는 구절이야. 이렇게 그 이유를 설명해 주면 학생들 대부분은 아하 하며 수긍하는 눈치다. 그러나 시 「황무지」 자체는 대중이 쉽게 이해할 수 없을 만큼 난해해. 1922년 출판된 이 시는 소설에서 제임스 조이스의 『율리시스』와 함께 모더니즘* 문화의 한 획을 긋는 작품으로 평가돼. 이 작품으로 엘리엇은 20세기를 대표하는 시인의 한 사람으로 인정받았을 뿐만 아니라, 전통적 시의 조류에 일대 변혁을 일으켜, 현대시의 기틀을 다지게 되었단다.

이 시는 모두 5부 434행으로 되어 있어. 그래서인지 사람들은 "4월은 가장 잔인한 달"이라는 유명한 첫 구절은 많이 알고 있어도,

---

모더니즘 : 기존의 도덕 권위 전통 등을 부정하고, 새롭고 혁신적인 문화창조를 추구하는 예술상의 경향과 태도.

이 시를 끝까지 읽은 사람은 많지 않다고 해. 1부 : 죽은 자의 매장, 2부 : 체스 놀이, 3부 : 불의 설교, 4부 : 익사, 5부 : 천둥이 한 말로 되어 있는 이 시는 현대인의 정서적 메마름, 인간적 삶의 가치 상실, 생산적이 못한 채 쾌락으로 흐르는 성性, 그리고 생명의 순환이 막힌 죽음을 시의 내용으로 다룬다.

이 시는 시에 달린 많은 각주脚註가 오히려 시 읽기를 난해하게 해. 그뿐 아니라 시인 의식의 변화에 따른 시적 화자의 변화가 빈번히 일어나는데, 그 역시 이 시의 난해성을 증가시켜 준다. 위에 소개한 부분에서도 처음 7행까지는 계절이 겨울에서 봄으로 바뀌어 만물이 소생하는 생명에 대해 이야기하다, 갑자기 8행부터 시인의 의식은 행복했던 과거 독일 생활을 회상해. 그것도 리투아니아 출신의 여인이 일방적으로 자기의 어린 시절 이야기를 하는 형식으로 되어 있어. 그러나 그 행복했던 시간도 잠시 시인의 의식은 다시 황무지로 이어지고, 그러면서 황무지의 구체적인 이미지가 제시된다.

이 시는 사상자만 3천 5백만 명을 낸 제1차 세계 대전 이후 황폐화 된 서구 문명을 바탕으로 20세기 현대 문명에 갇혀 생명의 기운을 잃어 가는 서구인의 자화상을 노래하고 있어. 그리하여 많은 사람들이 시에서 현대 사회 생명의 위기를 느끼고 있지만, 그러나 정작 엘리엇은 이 시를 쓴 동기가 순전히 개인적이었음을 다음과 같이 밝히고 있다.

많은 비평가들이 이 시를 현대 사회를 비판하는 것으로 해석했으며, 따라서 이 시를 중요한 사회 비평이라고 생각해 온 것이 사실이다. 나로선 영광이 아닐 수 없다. 그러나 내게 이 시는 단지 인생에 대해 갖고 있던 개인적인 불만, 그것도 하찮은 불만의 토로였을 뿐이다. 이 시는 단지 그런 불만을 운율을 맞춘 시로 써 본 것뿐이다.

인생에 대한 개인적인 불만, 그것도 하찮은 불만의 토로가 구체적으로 무엇이었는지 알 길이 없는 우리로서는 그 역시 이 시의 난해성을 더해 줄 뿐이다.

그러나 어쨌든 시 「황무지」는 우리에게 '4월은 가장 잔인한 달'이라는 명구를 선사했으며, 엘리엇을 현대시의 최고 권위자의 자리에 올려 놓았어. 난해하다고 여겨지는 이 시가 가장 아름다운 현대시 중 하나로 꼽히는 것은 인간 내면의 갈등과 고난 속에서도 "죽은 땅에서 라일락을 키워내는" 희망을 잃지 않는 힘이 아닐까? 이같은 시적 성과에 힘입어 엘리엇은 1948년 노벨문학상을 받았단다.

명호야.

요즘 우리에게 4월은 어떤 달일까? 무엇보다 먼저 떠오르는 것은 4월은 온갖 생명이 다투어 피어나 산이나 들이 연두빛으로 물들기 시작하지만, 한편으로 황사와 미세먼지가 우리 시야를 뿌옇게 가린다는 거야. 뿐만 아니라 이러한 봄을 레이첼 카슨*은 생명이 죽은 봄, 『침묵의 봄』이라고도 하였지. 그런 면에서 보면 우리는 엘리엇이 노래한 4월은 '잔인한 달'보다 더 잔인한 달을 살고 있는지도 모른다.

시인 엘리엇은 비평가로도 상당한 영향력을 미쳤단다. 그의 유명한 시론 가운데 '객관적 상관물*'이라는 게 있어. 여기서 그것에 대해 자세히 설명할 수는 없으니 관심을 갖고 더 공부하기 바란다. 그는 또 문학 창작과 관련하여 이런 말을 하기도 했다. 명호야. 너는 시에 관심이 많으니 그 뜻을 한번 깊이 음미해 보렴.

"미숙한 시인들은 모방한다(빌린다). 그러나 완숙한 시인들은 훔친다. 나쁜 시인들은 훔쳐 온 것을 흉하게 만들지만, 좋은 시인들은 더 낫게 만든다. 더 낫지 않다 하더라도 적어도 훔쳐 온 것과 다르게는 만든다."

레이첼 카슨 : 미국의 생물학자, 환경론자.
객관적 상관물 : 문학에서 창작자가 표현하려는 자신의 정서나 감정 사상 등을 다른
            사물이나 상황에 빗대어 표현할 때 쓰는 말. T. S. 엘리엇에 의해 크게
            발전된 이론임.

아니 이게 북한 사람의 시인가

고와야 한다

동기춘

밭김을 매던 로동의 첫날
내가 마구 찍은 엉성한 이랑을 돌아보며
아버지는 조용히 말했네

- 김맨 뒤가 고와야 한다

그제사 아버지가 앞서 나간 이랑을 보았네
얼마나 고우랴 제방같이 미끈한 이랑
나는 들었네 악보 같은 이랑에서
곡식 포기 춤추며 웃는 소리를

늦여름 새초* 베러 갔던 어느 날
나는 덤벙 치며 무더기만 찾았네
묶어 놓은 단도 엉치가 내밀려 세울 수 없었네
아버지가 보다 못해 말했네
- 깐깐히 베여 곱게 묶어라

나는 아버지가 일한 곳을 보았네
빡빡 곱게 깎아 내는 풀판
어렵지 않게 단을 채우는 그 솜씨
묶어 세운 풀단들은 맵시쟁이 처녀들 같았네

그해 가을 벼가을 할 때였네

새초 : 억새.

나는 정신없이 낫을 휘둘렀네
빨리 벨 생각에 맡은 이랑만 쫓으며
벼줌을 아무렇게나 뒤에 던질 때
아버지의 핀잔이 들려왔네
- 단을 곱게 지어라 그래야 묶을 때 쉽다

옆에서 아버지가 베여 나간 자리를
허리 펴고 땀 씻으며 보았네
아, 세상 고운 일매진* 단의 행렬
논판은 누런 수확을 금빛 주단으로 편 듯
겨울날 땔감 하러 산에 갔을 때도
발구*에 볼품없이 처실은 나뭇단을
아버지는 다시 헐어 쌓으며 말했네
- 곱게 실어야 꿰여지지* 않는다

나는 말 없이 일손 거들며 보았네
아버지가 쌓고 바줄로 조이는 모습을
날씬하게 동여진 나무바리는

———————
일매진 : 고르고 가지런한.
발구 : 소나 말이 끌어 물건을 실어 나르는 썰매.
꿰여지지 : 터지거나 미어지지.

아무리 험한 돌두렁길이라도

새처럼 날아 내릴 수 있었네

모든 완성은 아름다와야 한다

촌늙은이가 로동으로 가르쳐 준 예술철학

묵묵히 그 진리 배우던 날에는

그것이 한생 창조의 기틀로 될 줄 알았던가

지금도 나의 창조 하나하나에는

놓여라, 그 밭이랑이, 풀단이, 짐발구가…

　이번에 소개할 시인은 북한 시인인 동기춘(1940.2~)이라는 사람이야. 이 책에서 북한 시인으로 유일하게 소개되는데, 남북이 분단된 상황에서 북한 시인을 소개한다니 참으로 감회가 남다르구나.

　명호야. 동기춘 시인은 함경북도 명천군 출신으로 1966년 김일성 종합대학을 졸업했어. 그는 북한의 최고 엘리트 문인들로 이루어진 '4 · 15 창작단'의 한 사람으로 「내 고향의 새 노래」로 문단에 나왔어. 이어 대표 시집 『인생과 조국』 등을 펴내며 북한 최고의 시인 중 한 명으로 활약하고 있어. 그는 1970년대 이후 북한 시문학의 서정적인 영역을 새롭게 개척한 대표적 시인으로 평가받고 있어. 앞에서 소개한 시는 2003년 5월 『조선문학』에 발표되었다.

내가 이 시를 처음 접한 것은 2005년 7월 20일부터 25일까지 열렸던 '6·15 공동선언 실천을 위한 민족작가대회'에 참석했을 때야. 해방 이후 처음으로 남북 문학인 이백여 명이 참가한 가운데, 평양, 백두산, 묘향산 등지에서 열린 이 대회는 2000년 남측의 김대중 대통령과 북측의 김정일 위원장이 만나 한반도의 평화를 위한 공동선언을 채택했는데, 그 선언의 내용을 작가들이 실현하자는 취지에서 마련된 행사였어.

이 역사적인 '민족작가대회'에 나도 참석했는데, 이 시를 내가 처음 읽은 것은 아마도 그 무렵일 거야. 행사 첫날 나는 남측 일행과 함께 북에서 보내온 '고려항공' 전세기를 타고 평양 순안공항에 내렸어. 북측 사람들의 열렬한 환영 속에 숙소인 고려호텔에 도착, 저녁 식사 후 인민 문화궁전에서 남북 문학인 이백여 명이 모인 가운데 민족작가대회가 열렸단다. 이 자리에서 우리는 '6·15 민족문학인협회' 결성과 '6·15 통일문학상' 제정, 그리고 문예지 '통일문학'을 발행하기로 합의했지. 그리고 그날 대회가 끝난 후 나는 고려호텔 숙소 삼 층 로비에 있는 서점과 그림 매대(상점)를 둘러보았어. 책을 살펴보니 의학, 민속 관련 책들도 있었지만, 주체사상과 북한 사회주의 체제를 선양하는 책들이 대부분이었단다. 이채로웠던 점은 계간지 『통일문학』에 남측 작가들의 작품이 실려 있었다는 점, 그리고 북으로 간 장기수 노인들의 자서전이 한 사람 당 한 권씩 나와 있었다는 거였어. 나는 그곳에서 책을 몇 권 샀는데, 그때 내가 산 책에서 동기춘 시인의 시를 보았는지, 아니면 그후 남한의 몇몇 문예지에서 북한 시인들의 시를 특집으로 다룬 적이 있는데, 그것을 통해 보았는지 그에 대한 기억은 확실하지 않다.

아무튼 이 시를 읽게 된 경위가 이렇게 흐릿하지만, 내가 동기춘 시인의 시 「고와야 한다」를 읽은 후 얻은 느낌은 지금도 머릿속에 또렷이 남아 있어. 한마디로 "아니, 이게 북한 사람이 쓴 시란 말인가?"였다. 일반적으로 북한의 문학은 시든 소설이든 주체사상과 북한 사회주의 우월성 그리고 김일성의 항일투쟁에 대한 선양과 선전에 복무하는 것이었다. 사회주의 문학이 갖는 계급성, 집단성, 당파성에서 조금이라도 벗어나면 문학으로서의 의미와 효용은 인정될 수 없었지. 그런데 동기춘의 시 「고와야 한다」는 이전의 시와는 전혀 달랐어. 누구나 시에 사용된 단어나 어조를 본다면 이 시가 북한 사람의 시라는 것을 어렵지 않게 알 수 있지만, 그러나 내용 면에서 본다면 전혀 그렇지 않지. 문학을 포함한 모든 예술은 '고와야 한다'는 예술철학 일반의 명제를, 밭일, 들일, 생활 속의 노동을 통해 아주 쉽게 드러내고 있기 때문이야.

고와야 한다는 것은 거친 것의 반대로 섬세해야 한다는 것이고,

섬세하다는 것은 '디테일'이 살아 있어야 함을 말해. 명호야. 예술 작품의 궁극적 목표는 '감동'이잖아? 사람은 부드럽고 섬세한 것에 감동하기 마련이란다. 감동은 사람의 감각 기관을 통해 오기 때문이며, 감동 이후에 인식의 변화, 행동의 변화를 일으키게 되지. 이 말은 거꾸로 하면 어떤 문학 작품을 읽고 생각이 바뀌고 행동에 변화가 오려면 먼저 감동해야 한다는 것이야. 그만큼 좋은 문학 작품은 사람에게 감동을 주고 그 결과 행동의 변화까지 이끌어낸다는 것이지.

그러한 예술철학 일반론을 이 시는 "촌늙은이"인 아버지와, 일에 서툴기만 한 그러면서 빨리 하려고 덤비기만 하는 아들과의 조곤조곤한 대화 형식을 통해 드러내고 있어. 그 예술철학의 진리를 일깨워 주는 방법도 책이나 어떤 이론을 앞세운 공부나 엄한 가르침이 아니라, 실제 생활 현장에서 실천궁행實踐躬行하는 모습으로 가만가만 일러 주고 있지.

남과 북이 분단된 지 어느덧 70년이 지났다. 그동안 남한은 남한대로 북한은 북한대로 각자의 문학을 발전시켜 왔지. 남쪽에 '한국문학'이 있듯이 북한에는 '조선문학'이 있다. 정치 체제가 다른 만큼 두 문학이 추구하는 바도 확연히 다를 수밖에 없겠지. 그만큼 서로 다른 이질적인 환경 속에 자라온 남과 북의 문학이 '하나의 문학'으로 다시 태어나기엔 많은 어려움이 있을 거야. 그러나 그럼에도 한 가지 분명한 것은 문학은 동기춘 시인의 시처럼 '고와야 한다'는 것이야. 고와야 사람의 마음을 울릴 수 있고, 그런 가운데 우리는 차츰 서로 간의 민족 동질성을 회복해 갈 수 있을 것이다.

상상력은 어디에서 오는가

눈

우에다 신고(5세)

옷 위에 멈췄다가
안으로 숨었다가
잠들어 버렸다

명호야.

예전에 나는 내용이 비슷한 책 두 권을 같이 읽은 적이 있단다. 공교롭게도 두 권 모두 유치원이나 초등학교 1~2학년 아이들이 쓴 글 모음집이었어. 한 권은 우리나라 아이들이 쓴 책이고, 한 권은 일본 아이들이 쓴 책이었다. 우리나라 아이들 책은 초등학교 교사가 여러 학급문집에서 뽑은 일기와 시이고, 일본 아이들의 책은 제목이 『태양이 뀐 방귀』로, 일본의 저명한 작가인 하이타니 겐지로*가 간단한 느낌과 도움말을 붙인 거였어.

두 권을 읽으며 내가 가졌던 관심은 나이가 비슷한 두 나라 아이들 글이 어떻게 다를까였다. 이 문제는 책을 다 읽고 난 후 '아이들 상상력은 어디에서 오는가' 하는 문제로 좁혀졌다. 정말 아이들 상상력은 어디에서 올까? 아니 그보다 상상력이란 무엇일까?

상상력이란 말 그대로 상상하는 능력이다. 그렇다면 상상이란 무엇일까? 경험하지 않은 사물이나 현상에 대해 머릿속으로 그려

하이타니 겐지로 : 일본의 소설가, 교육자, 아동문학가. 대표작으로 『나는 선생님이 좋아요』가 있음.

보는 것이 상상이야. 인간은 태어날 때 상상력이라는 소중한 선물을 받고 태어나. 나비 그림을 보고 그 나비의 날개에 올라앉아 여러 꽃들 사이를 여행하는 모습을 그려 보는 것도 상상력의 힘이야. 이 상상력은 자아와 외부 세계 사이 가로 놓인 '벽'이 없을수록 마음껏 발휘된다고 볼 수 있어. 인간인 나와 곤충인 나비 사이 가로 놓인 벽이 없을 때 나는 나비의 날개에 올라앉아 날 수 있게 되지. 인간의 상상력을 가로막는 벽은 성장하면서 두텁고 높아지는데, 어른이 될수록 그 벽은 견고해져 상상력은 축소돼.

인간의 상상력은 나이가 들수록 여러 요인에 의해 축소돼. 그런데 자아와 외부 세계의 벽을 높고 두텁게 하여 상상력이 축소되게 하는 가장 큰 요인으로 '학교 교육'을 들 수 있어. 그 외에 관습, 통례*, 법, 질서, 현실, 상식 등이 있는데, 이 가운데 상상력 저해에 가장 강력한 영향력을 미치는 것은 학교 교육이라 할 수 있다. 그러니까 어른에 비해 아이들 상상력이 풍부한 것은 그만큼 아이들에게는 그 벽이 없거나 낮고, 외부 세계에 대응하는 그들만의 '특별한 통로'를 가지고 있기 때문이야. 그래서 아이들은 자신과 외부 세계를 구분하지 않는 '마술적' 시야를 갖게 되지. 또 외부 세계의

통례 : 남들이 그렇게 하니까 나도 그렇게 해야 된다는 생각.

모든 것들이 고유한 생명을 지니고 있다고 믿으며, 모든 일은 그냥 일어나는 게 아니라 어떤 목적을 위해, 예를 들어 바람이 부는 이유는 나무의 땀을 닦아주기 위해서 일어난다고 믿는단다.

그렇다면 이같은 상상력은 어떻게 길러질까? 잘 알다시피 모든 예술 활동이나 과학적 사고, 인문사회적 사고에 중요한 작용을 하는 것이 상상력이야. 따라서 오늘날 상상력의 중요함은 '창의성' 교육이라는 말로 대치되어 학교에서도 중요시되고 있지. 이렇게 중요한 상상하는 힘은 어디에서 오는 걸까?

상상력은 질문하기, 비판적 사고하기, 대화하기를 통해 길러져. 이 세 가지 활동이 일상에서 밥 먹고 물 마시고 땀 흘리고 용변 보듯 자연스럽게 항시적으로 이루어져야 해. 그러기 위해 필요한 것은 어린이와 어른이 동등한 위치에서 생활해야 한다는 거야. 어린이와 가정의 부모나 학교의 교사들이 서로의 '발언권'을 동등하게 보장하는 문화 속에 있어야 한다는 거지. 이러한 여건이 마련되지 않으면 어린이의 상상력 발휘는 제한을 받아.

명호야.
이 대목에서 너도 느꼈겠지만 민주적인 가정 환경에서 자란 아이가 상상하는 힘을 더 가질 수 있다는 거야. 아이와 어른의 발언권이 동등한 가정과 학교에서 자란 아이일수록 상상력의 날개는

튼튼할 수 았다는 거지.

　두 책을 읽으며 내가 느꼈던 점은 우리나라 아이들이 쓴 글에는 상상력이 빈약하다는 것이었어. 상상력이 펼쳐져야 할 자리에 학교와 학원 생활, 가족의 아픔, 시험, 공부, 집안 일, 친구, 숙제 같은 그 아이의 '현실'이 들어와 있었어. 글을 전개하는 방식도 ~해서 ~했다(슬펐다, 좋았다, 기뻤다, 좋겠다)는 식으로 단순했고. 일본 아이들이 쓴 글에도 그 아이의 현실이 없는 것은 아니었어. 그러나 우리나라 아이들의 글에서는 앞에 소개한 시와 같이 사물을 바라보는 따뜻한 시선과 상상력이 빛나는 글을 보기 어려웠어.
　나이가 비슷한 또래 아이들인데 왜 이런 차이가 날까? 우리나라 아이들이 처한 현실이 일본 아이들이 처한 현실보다 더 사납고 모질기 때문일까? 아마 그럴지도 몰라. 가정이 깨지고, 일찍부터 경쟁해야 하고, 가정 폭력에, 남녀 차별에, 이런 가족 문화와 학교 문화 속에 자라는 아이들에게 그악스런 현실은 있을지언정 상상력이 깃들 여지는 많지 않을 것이야.

　다소 엉뚱한 이야기가 될지 모르지만 어린이들의 상상력 이야기에서 나는 다음과 같은 일을 유추해 볼 수도 있다고 생각해. 우리나라에도 한강 작가가 노벨 문학상을 수상했지만, 이웃나라 일본은 가와바타 야스나리와 오에 겐자부로 두 사람이 노벨 문학상을 수상했어. 그 외 다른 분야까지 합하면 일본에서 노벨상을 받은 사람은 스물다섯 명에 이른다. 그 차이가 어디서 올까? 내가 보기엔 그 한오라기 단서를 위 소개 시에서 찾아볼 수 있지 않을까 생각해. 내리던 눈이 옷 어딘가에 떨어져 녹아 없어진 모습을 보고 5세 된 어린이가 "눈이 옷 위에 멈췄다가 / 안으로 숨었다가 / 잠들어 버렸다"라고 표현했어. 멈췄다, 숨었다, 잠들다, 라는 말에서 우리는 눈송이 하나가 녹아 사라지는 과정을 그야말로 평화롭게 느낄 수 있지. 이 천진무구한 시선이 천의무봉天衣無縫같은 표현으로 태어나, 우리를 녹아 사라진 눈송이 하나의 평화로운 세계로 이끈다.

상상력은 이렇게 따뜻하고 평화롭고 자유와 여유가 있는 사람의 어깨에 날아와 앉는다. 나는 우리나라 어린이·청소년들에게 가장 중요하고 필요한 것이, 그러나 어딜 가도 쉽사리 찾아볼 수 없는 것이, 평화라고 생각해. 평화로운 분위기 속에서 자유롭게 생각을 펼치며 자라나는 학생들이 나중에 커서 미래의 상상력의 주인공이 되겠지. 아동 - 청소년기 평화로운 가정에서 평화 문화를 체득하며 자란 사람이 커서도 온전한 인격을 갖추며, 상상력도 훨씬 참신하고 풍부하게 발휘할 거야.

어린이와 청소년이 평화로워야 진정한 평화다. 사람은 평화로울 때 여유가 있을 때 비로소 상상력의 두 날개를 펴기 시작해. 그러니 이제부터라도 자라나는 아이들이 평화롭도록 가정과 학교의 분위기가 바뀌어야 해. 경쟁 문화, 폭력 문화에서 민주 문화, 평화 문화로 바뀌어야 아이들이 평화로운 미래를 꿈꿀 수 있어. 그러기 위해서는 '평화 교육'이 어떤 식으로든 학교에서 이루어져야 한다고 생각해. 평화도 영어나 수학처럼 가르쳐야 해. 평화를 가르치지 않으면 다른 누군가가 그 시간에 폭력과 경쟁을 가르쳐. 지금 그러고 있는 것이 우리 교육의 현실이야.

일본의 다섯 살 어린이가 쓴 3행 스무 글자로 된 이 시를 읽고 나는 몸에 전율이 일었어. 머리를 망치로 쾅 얻어맞은 것 같았고 눈물이 나올 것 같았다. 왜 우리나라 아이들에게는 이런 글이 나오지 않을까. 이 시는 아주 짧지만 나에게 많은 생각을 하게 해 주었단다.